蘑菇圈

著

長江出版傳媒 | 长江文艺出版社

图书在版编目（ＣＩＰ）数据

蘑菇圈 / 阿来著. -- 武汉 : 长江文艺出版社, 2015.7（2017.7 重印）

ISBN 978-7-5354-7990-7

Ⅰ. ①蘑… Ⅱ. ①阿… Ⅲ. ①中篇小说－小说集－中国－当代 Ⅳ. ①I247.5

中国版本图书馆 CIP 数据核字(2015)第 081136 号

策　　划：尹志勇

责任编辑：康志刚　　　　责任校对：陈　琪

封面设计：徐慧芳　　　　责任印制：左　怡　邱　莉

出版：长江出版传媒　长江文艺出版社

地址：武汉市雄楚大街 268 号　　　邮编：430070

发行：长江文艺出版社

电话：027—87679360

http://www.cjlap.com

印刷：武汉安捷印刷有限公司

开本：640 毫米×970 毫米　1/16　　印张：12.25

版次：2015 年 7 月第 1 版　　2017 年 7 月第 4 次印刷

字数：122 千字

定价：28.00 元

目　录

蘑菇圈

早先，蘑菇是机村人对一切菌类的总称。

五月，或者六月，第一种蘑菇开始在草坡上出现。就是那种可以放牧牛羊的平缓草坡。那时禾草科和豆科的草们叶片正在柔嫩多汁的时节。一场夜雨下来，无论直立的茎或匍匐的茎都吱吱咕咕地生长。草地上星散着团团灌丛，高山柳、绣线菊、小蘗和鲜卑花。草蔓延到灌丛的阴凉下，疯长的势头就弱了，总要剩下些潮湿的泥地给盘曲的树根和苔藓。

五月，或者六月，某一天，群山间突然就会响起了布谷鸟的鸣叫。那声音被温暖湿润的风播送着，明净，悠远，陡然将盘曲的山谷都变得幽深宽广了。

布谷鸟的叫声中，白昼一天比一天漫长了。

阿妈斯炯说，要是布谷鸟不飞来，不鸣叫，不把白天一点点变长，这夏天就没有这么多意思了。

那个时候，阿妈斯炯还年轻，还是斯炯姑娘。

那时应该是1955年，机村没有去当兵的人，没有参加工作成为干部的人，没有去县里农业中学上学的人，没有抽调到筑路队去修公路的人，以及那些早年出了家，在距村子五十里地宝胜寺当和尚的人，都会听到这一年中最初的鸟鸣声。听见山林里传来这一年第一声清丽悠长的布谷鸟鸣时，人们会停下手里正做着的活，停下嘴里正说着的话，凝神谛听一阵，然后有人就说，最先的蘑菇要长出来了。也许还会说别的什么话。但那些话都随风飘散了，只有这句话一年年都在被人说起。

也就是说，当一年中最初的布谷鸟叫声响起的时候，机村正在循环往复着的生活会小小地停顿一下，谛听一阵，然后，说句什么话，然后，生活继续。

那时，大堆的白云被强烈的阳光透耀得闪闪发光。

谁也不知道机村在这雪山下的山谷中这样存在着有多少年了，但每一年，布谷鸟都会飞来，会停在某一株核桃树上，某一片白桦林中，把身子藏在绿树阴里，突然敞开喉咙，开始悠长的，把日子变深的鸣叫。因此之故，机村的每一年，在春深之时的某一刻，日子会突然停顿一下。在麦地里拔草的人，在牧场上修理畜栏的人，会停下手里的活计，直起腰来，凝神谛听，一声，两声，三声，四五六七声。然后又弯下腰身，继续劳作。即便他们都被生存重压弄得总是弯着腰肢，面对着大地辛勤劳作，到了这一刻，还是会停下

手中无始无终的活计，直起腰来，谛听一下这显示季节转好的声音。甚至还会望望天，望望天上的流云。

不止是机村，机村周围的村庄，在某个春深的上午，阳光朗照，草和树，和水，和山岩都闪闪发光之时，出现这样一个美妙而短暂的停顿。不止机村，不止是机村周围那些村庄，还有机村周围那些村庄周围的村庄，在某一时刻，都会出现这样一次庄重的停顿。这些村庄星散在邛崃山脉、岷山山脉和横断山脉，这些村庄遍布大渡河上游、岷江上游、青衣江上游那些高海拔的河谷。

那个停顿出现时，其他村庄的人凝神谛听之余会说点什么，机村人不知道。但机村肯定会有一个人会说，今年的第一种蘑菇要长出来了。那时，机村山上所有的蘑菇都叫蘑菇，最多分为没毒的蘑菇和有毒的蘑菇。而到了这个故事开始的 1955 年或是 1956 年，人们开始把没有毒的蘑菇分门别类了。杜鹃鸟再开始啼叫的时候，在 1955 年或 1956 年，机村人的就说，瞧，羊肚菌要长出来了。

是的，羊肚菌就是机村那些草坡上破土而出的第一种蘑菇。羊肚菌也是第一种让机村人知道准确命名的蘑菇。

它们就在悠长的布谷鸟叫声中，从那些草坡边缘灌木丛的阴凉下破土而出。

像是一件寻常事，又像是一种奇迹，这一年的第一种蘑菇，名字唤作羊肚菌的，开始破土而出。

那是森林地带富含营养的疏松潮润的黑土。土的表面混杂着枯叶、残枝、草茎、苔藓。软软的羊肚菌悄无声息，顶开了黑土和黑土中那些丰富的混杂物，露出了一只又一只暗褐色的尖顶。布谷鸟也许就是在这个时候开始鸣叫的，所以，长在机村山坡上的羊肚菌也和整个村子一起，停顿了一下，谛听了几声鸟鸣。掌管生活与时间的神灵按了一下暂停键，山坡下，河岸边，机村那些覆盖着木瓦或石板的房屋上稀薄的炊烟也停顿下来了。

只有一种鸟叫声充满的世界是多么安静呀！

所有卵生、胎生，一切有想、非有想的生命都在谛听。

然后，暂停键解了锁，村子上蓝色炊烟复又缭绕，布谷之外，其它鸟也开始鸣叫。比如画眉，比如噪鹃，比如血雉。世界前进，生活继续。

经历了那奇幻一刻的名唤羊肚菌的那一种蘑菇又开始生长。

刚才，它用尖顶拱破了黑土，现在，它宽大的身子开始用力，无声而坚定地上升，拱出了地表。现在，它完整地从黑土和黑土中掺杂的那些枯枝败叶中拱出了全部身子，完整地立在地面上了。从灌木丛枝叶间漏下星星点点的光落在它身上。风吹来，枝叶晃动，那些光斑也就从它身上滑下来，落在地上。不过，不要紧，又有一些新的光斑会把它照亮。

这朵菌子站在树阴下，像一把没有张开的雨伞，上半部是一个褐色透明的小尖塔，下半部，是拇指粗细的菌柄，是那只雨伞状物的把手。这朵菌子并不孤独，它的周围，这里，那里，也有同样的蘑菇在重复它出现的那个过程——从黑土和腐殖质下拱将出来，头上顶着一些枯枝败叶，站立在这个新鲜的世界上。风在吹动，它们身上特有的气味开始散发出来。阳光漏过枝叶，照见它们尖塔状的上半身，按照仿生学的原理，连环着一个又一个蜂窝状的坑。不是模仿蜂巢，是像极了一只翻转过羊肚的表面。所以，机村山坡上这些一年中最早的菌子，按照仿生学命名法，唤作了羊肚菌。

布谷鸟叫声响起这一天，在山上的人，无论是放牧打猎，还是采药，听到鸟叫后，眼光都会在灌丛脚下逡巡，都会看到这一年最早的蘑菇破土而出。他们都会不约而同地把这种蘑菇小心采下，在溪边采一张或两张有五六个或七八个巴掌大的掌形的橐吾叶子松松地包裹起来，浸在冰凉的溪水中，待夕阳西下时，带下山回到村庄。

这个夜晚，机村几乎家家尝鲜，品尝这种鲜美娇嫩的蘑菇。

做法也很简单——用的牛奶烹煮。这个季节，母牛们正在为出生两三个月的牛犊哺乳，乳房饱满。没有脱脂的牛奶那样浓稠，羊肚菌娇嫩脆滑，烹煮出来自是超凡的美味。但机村并没有因此发展出一种关于美味的感官文化迷恋。他们烹煮这一顿新鲜蘑菇，更多的意义，像是赞叹与感激自然之神丰厚的赏赐。然后，他们几乎就将这四处破土而出的美味蘑菇遗忘在山间。

眼见得菌伞打开了，露出里面白生生的裙摆，他们也视而不见。眼见得菌伞沐风栉雨，慢慢萎软，腐败，美丽的聚合体分解成分子原子孢子，重又回到黑土中间，他们也不心疼，也不觉得暴殄天物，依然浓茶粗食，过那些一个接着一个的日子。

尽管那时工作组已经进村了。

尽管那时工作组开始宣传一种新的对待事物的观念。

这种观念叫作物尽其用，这种观念叫作不能浪费资源。

这种观念背后还藏着一种更厉害的观念，新，就是先进；旧，就是落后。

工作组展望说，应该建一个罐头厂，夏天和秋天，封装这些美味的蘑菇，秋末和冬初，则封装山里那些同样美味且营养丰富的野果，例如覆盆子、蓝莓和黄澄澄的沙棘果。在机村，那些野果，本只是孩子们的零嘴，更多，是满山鸟雀，甚至还有黑熊的食物。

基于这种新思想，满山的树木不予砍伐，用去构建社会主义大厦，也是一种无心的罪过。后来，机村的原始森林在十几年间几乎被森林工业局建立的一个个伐木场砍伐殆尽，但工作组展望过的罐头厂迄今没有出现在机村或机村附近的山野，那是后话。

在 1955 年、1956 年间，蘑菇季一到，工作组率先大吃羊肚菌，机村传统的烹煮法和小孩们偶一为之的烧烤法，那都太单调了。他们自有特别丰富的做法。他们用猪肉罐头烩制的蘑菇更是鲜美无比。机村人不明白的是，这些导师一样的人，为什么会如此沉溺于口腹之乐。有一户人家统计过，被召到工作组帮忙的斯炯姑娘，端着一只大号搪瓷缸，黄昏时分就来到他们家取牛奶，一个夏天，就有二十次之多。也就是说，住在村的工作组，一个羊肚菌季节，至少吃了二十回牛奶烹煮的鲜蘑菇。嚯嚯，至少是二十回呀。一个羊肚菌季节也就一个月多一点点。嚯嚯，哪止二十回啊，那是去到一户人家的次数，要知道机村可有二十多户人家。

答案简单明了，文明，饮食文化。

机村东头，对着一条通向雪山垭口的山沟，曾经有一条再过三十年会被称为茶马古道的过道，从雪山垭口蜿蜒而下，经过机村，向西通向草原地带。所以，村子东头，曾经有过一条短短的街道。这驿道如今叫了茶马古道。街上有几家外来人开的代喂马代钉马掌的旅店，几家商铺，几家饭馆和一个铁匠铺。斯炯十二三岁时就到其中一家旅店帮佣，主要的工作就是每天到山前溪边割马草。那些在驿道上驮着货物走了一天的马会站在马圈里整整吃一个晚上的草。睁着眼吃，闭着眼睛打盹和做梦时也不停嘴。

斯烱在的那家店，掌柜姓吴。斯烱在店里学了些汉话，后来还认得了百十来个汉字。有时闲下来，就在店里的板壁上写这些认得的字。马、草、斤、两、钱、糖、茶、客。

1954 年，山里通了公路，政府建立了供销社，汽车运来丰富的货物，那条街道就衰落了。那些开店的外乡人都携家带口回了内地老家。吴掌柜也拖家带口回了内地老家。

小街一衰败，斯烱就回了家。因为认得些字，还会说汉话，就被招进了工作组，那时叫做参加了工作。那个在羊肚菌季节里，端了可以装一升牛奶的大搪瓷缸子到人家里替工作组取牛奶的姑娘就是她。把斯烱这个名字，第一次用汉字写下来，是工作组长。他从旧军装前胸的口袋里拔出笔来，说小姑娘很精神嘛，眼睛烱烱有神嘛，就用烱烱有神的烱吧。村里还有叫斯烱的，此前在工作组的花名册上都写成斯穹。

斯烱参加了工作组。她腿脚勤快，除了端着一只大搪瓷缸子去村中人家取牛奶，还会提一个篮子去各家各户讨蔬菜。那时的机村人不像现在，会种那么多种蔬菜。那时，机村人的地里只有土豆、萝卜、蔓菁三种蔬菜。工作组的人不仅能说会道，还会把萝卜和土豆在案子上切丝切片，刀飞快起落，声音犹如急切的鼓点，这也让机村人叹为观止，目瞪口呆。而那些裹满泥巴的土豆与萝卜，都是斯烱在村前的溪流里淘洗干净的。春天、夏天和秋天，溪水温和，洗东西并不费事，但到了冬天，斯烱的手在冰窟窿里冰得彤红，人们见她不断把双手举到嘴边，用呵出的热气取暖。

就有人说，期烱，不要在工作组了，回家里守着火塘，你阿妈的茶烧得又热又浓啊！

斯炯一边往手上呵着热气，一边笑着说，我在工作！

那时工作是一个神圣的字眼，可以封住很多人的口。但也有人会说，工作是宣传政策教育老百姓，你洗萝卜洋芋，就算是在冰水里洗，也不算工作！

那时，工作组正帮着机村人把初级农业合作社升级成高级农业合作社。

春天的时候，布谷鸟叫之前，新一年的春耕已经是由高级社来组织了。机村的地块都不大，分散在缓坡前、河坝上。高级社了，全村劳动力集中起来，五六十号人同时下到一块地里，有些小的地块，一时都容不下这么多人。工作组就组织地里站不下的人在地头歌唱。嚯，眼前的一切真有种前所未有的热闹红火的气象。

高级社运行一阵，工作组要撤走了。

工作组长给了斯炯两个选择。一个，留在村里，回家守着自己的阿妈过日子；再一个，去民族干部学校学习两年，毕业后，就是真正的国家干部了。

斯炯回到家里，给阿妈端回一大搪瓷缸子土豆烧牛肉，她看着阿妈吃光了等共产主义来到时就会天天要吃的东西，问阿妈好吃不好吃。阿妈说，好吃，就是吃了口渴。那时机村人吃个牛肉没有这么费事，大块煮熟了，刀削手撕，直接就入口了。斯炯抱着阿妈哭了一鼻子，就高高兴兴随着工作组离开村庄，上学去了。

再往前，三十多年前吧，机村和周围地带有过战事。村子里的人跑出去躲避。半年后回来，阿妈肚子里就有了斯炯的哥哥。然后是 1935 年和 1936 年，红军爬雪山过草地，机村人又跑出去躲避战事，回来时，阿妈肚子里有了斯炯。两回躲战事，斯炯的阿妈就带回了两个没有父亲的孩子。更准确地说，是两个不知父亲是谁的孩子。

斯炯的哥哥十岁出头就跟一个来村里做法事的喇嘛走了，出家了。

这一回，斯炯又要走了。

村里人说，是呢，野地里带来的种，不会呆在机村的。

想不到的是，这两个被预言不会呆在村里的两兄妹不久就又都回到村里。先是斯炯的哥哥所在的宝胜寺反抗改造失败，政府决定把一座八百人的寺院精简为五十个住寺僧人，其他僧人都动员还俗回乡，从事生产。斯炯的哥哥也在被动员回乡之列。但斯炯哥哥不从，逃到山里藏了起来。上了一年学的斯炯接到任务，让她去动员哥哥下山。后来，村里人常问她，斯炯，你在学校里都学过什么学问啊？斯炯都不回答，就像她生命中根本没有上过民族干部学校这回事情一样。其实，她清楚地记得，那天正在上政治课，有人敲开门叫她去楼下传达室接电话。她去了，连桌上的课本和笔和本子都没有收拾。电话里一个声音说，现在你要接受一个任务，接受组织的考验。这个任务和考验，就是要把她藏到山上的哥哥动员回家。她问，我怎么动员他？给他写一封信？电话里问，他认识你写的字吗？她说，那我给他捎个口信吧。电话里说，问题是，他藏起来了，找不到他。斯炯说，你们都找不到，我也找不到啊！电话里说，他要是再不下山，就要以叛匪论处了，叫你去动员，也算是仁至义尽了。斯炯就说，那我去找他吧。

斯炯连教室都没回，就坐着上面派来的车去两百多里外的山里找人了。

在哥哥出家的宝胜寺四围的山里，斯炯进进出出七八天，喊得声音都嘶哑了，她那当和尚的哥哥都没有出现。斯炯以为，哥哥一定是死在什么地方了。所以，她还一个人哭了好几场。在山洞前哭过，在温泉旁哭过。最后一天，她对着一大树盛开的杜鹃花想，花这么美丽，人却没有了，就又哭了起来。这回哭得很厉害，下山的时候，她眼睛还肿着。学校发的那身大翻领的有束腰的灰制服也被树枝划拉出了好几道口子，扎着两个大辫子的头发间，挂着一缕缕松萝。她对干部说，我找不见他了。

干部说，你没有完成任务。

斯炯问，我还能回学校去吗？

干部没有说可以回，还是不可以回，而是冷着脸说，你看着办吧。

学校里的教员和干部常常对一个自知可能犯了错而手足无措的学员说这句话，你看着办吧。

斯炯对干部说，那我回家去，告诉阿妈，哥哥找不见了。

就这样，1959年，离开村子一年多的斯炯回到了机村。她是空着手回到机村的。她的课本什么的还留在教室里，衣服什么都还留在八个人一间的宿舍里。她的床底下，塞着一口棕色皮箱，里面是她的几套衣服，藏式的衣服，和学校发的干部衣服。她的课本和衣服都留在学校，自己穿着一身在山里寻人时被树枝划拉出很多道口子的干部服就回到机村了。从此，再未离开。

她回到机村的那天，高级社的社员们正在村子旁最大的那块有六七十亩的地里松土除草。那时，地里一行行麦苗刚长到一拃多高。全社的社员都在地里弯腰挥动着鹤嘴锄。这时，有人说看看是谁来了。

大家都直起腰来，看见斯烱正穿过麦地间的那条路。

好几个眼尖的人都说，是斯烱回来了。

斯烱空着双手，看都不朝麦田里劳动的乡亲们看一眼，就朝自己家走去了。

有人就对她的阿妈说，看看，当了干部了，不朝我们看就罢了，也不朝自己的阿妈看一眼。

也有人说，像是很伤心的样子啊！

社长就对斯烱的阿妈说，你就回家看看吧。

第二天，斯烱还没有出来与村人们相见。

大家就在地里问她阿妈说，你女儿回来干什么啊。

阿妈就哭起来，说，她哥哥找不见了。他们要他还俗回家，生产劳动，他就跑进山里不见了。

村里人说，他又不是真在修行的喇嘛，一个粗使和尚，背水烧茶，回来也就回来吧。

可是他不见了，斯烱也找不见他，喊不应他。

第三天，斯烱就穿着那身带着破口的大翻领的有束腰的灰色干部服下地劳动了。

大家来和她说话，打探消息。

但她在山里喊哑了嗓子，人们问她什么，她都指指嗓子，我说不动话了。

斯烱就是这样回到机村来的。

机村的很多人物故事都是这样结束的。比如说雪山之神阿吾塔毗，故事的结尾就是，阿吾塔毗带着他两个勇敢的儿子，就是那一年到我们这里来的。哪一年呢？大概是一千多年前的某一天吧。

后来，斯烱的儿子胆巴问她，阿妈是哪一年回到村里的？

斯烱说，哦，很久了，我想不起来了。

儿子再问，她就说，真的很久了，都是生下你以前的事情了。

大概也是斯烱从民族干部学校回到机村那一年，传说距离机村很遥远的内地闹起了饥荒。

那一年的机村发生了三件事。

第一件，离开才两三年的工作组又进驻到机村，来提高粮食产量。工作组是大地正从冰冻中融化的时候来到的。那时，村子里那些刚刚解了冻的土路变得泥泞不堪，弄脏了工作组干部的鞋和裤腿。他们一边在火上烤被泥泞弄湿的鞋，一边召集高级社的村干部们来开会。工作组提出当年粮食产量要翻一番。这把高级社的社长和副社长都吓坏了。

社长说，上天不会让地里长出这么多粮食的。

工作组说，人定胜天，这是新思想。思想是最有力的武器。

副社长说，种庄稼不是打仗，武器没有用处的。

最后，社长和副社长都被说服了。他们和工作组一起想出了一个办法，多上肥料。每户人家的牛栏和猪圈都被铲除得一干二净。工作组说，这是一举两得。地得到肥料，爱国卫生运动也同时开展起来了。机村人第一次发现，原来自己长时期与粪便为伍而不自知，机村人还发现，其实自己也愿意过更干净的生活。村子里的人畜粪没有了，人们又上山去，把森林里的腐殖土背下山来，铺在地里。

当雪线一天一天往高处退去，退过了阔叶树的林带，又退过了针叶树的林带，徘徊在高山草甸时，播种季节来到。种子播下不久，树林返青，先是柳树和杨树，然后是桦树和花楸。等到几场春雨下来，黑土地里就浮现出一层隐约的翠绿。那是麦苗出土了。当庄稼绿成一片的时候，布谷鸟叫了，除草时节来到。那时，大家都觉得，粮食产量真的可以翻一番。看看那些麦苗吧，因为地里上足了肥料，麦苗绿得那么深，像是某种绿宝石的颜色。到了夏天，麦苗抽穗时，每一个穗子都前所未有地硕大。人们都欢欣鼓舞，相信一个产量翻一番的收获季就会到来了。可是，社长还是忧心忡忡，他说，全靠肥料，全靠肥料，今年把多年存下的肥料都用光了，明年用什么呢？

机村人因此说这个社长真是个苦命人，该高兴时都不让自己高兴起来。他们想让社长高兴起来，因此都开玩笑说，我们一定要让牛和猪多拉屎，我们也一定要多拉屎，不让社长操心明年没有肥料。工作组说，农家肥没有了，有化肥，大工厂生产的化学肥料。

大家一面议论工厂制造的肥料该是什么样子，一面等待庄稼熟黄。可是，这些长得分外茁壮的庄稼还在拼命生长，不肯熟黄。后来人们回忆说，那一年的庄稼呵，真是长疯了。疯了一样地长，就是不肯熟黄。那些老农民就跟社长一样地忧心忡忡了。庄稼再不成熟，高原山地夜间就要下霜了。霜冻会使没有成熟的庄稼颗粒无收。这样的情形真的就在那一年发生了。连续三个夜晚的霜下下来，地里还在灌浆不止的麦子都冻坏了。

那一年，机村有史以来长得最茁壮的庄稼几乎绝收，上面却要按年初上报产量翻番的计划征收公粮。

社长扳着指头算算，最多到次年三月，机村人家家户户都要断粮，也要跟传说中的内地一样饿死人了。

算过这个账，社长觉得自己罪孽深重，上吊死了。

第二件事，阿妈斯炯的哥哥回来了。

他一出现在家里，斯炯就抱着他身子猛烈摇晃，我在山上喊破了嗓子，你倒是答应一声啊！

斯炯她哥哥虚弱地说，山上？我什么时候在山上？我被关起来了。

原来，这个烧火和尚并没跑到山上去。

那天，他已经收拾好东西，准备回家了。整顿寺庙工作组的一个人给他和另几个和尚一封信，叫他送到县里去。他说，可是，我要回家了。工作组的人和颜悦色，说，去吧，送了这封信再回家。他是天空刚刚露出黎明光色时离开寺院的。

他怀里揣了工作组员给他的信，肩着一个褡裢，往县城而去。褡裢一头装着被褥，一头装了一口锅，一把壶，两只碗，这是他在庙里生活的全部家当。走出好几里地后天亮了，他回望一眼，寺庙已不可见，只可见一座白色佛塔立在寺庙后面的山上。

到县政府，传达室的人接过信看了，笑笑，又把信塞回到他手上，说，你自己送到公安局去吧。他问清了路，把信送到公安局。公安局的人看了信，从腰间拔出手枪，拍在桌子上，他就被戴上手铐了。他还声辩，工作组让我来送信的。公安说，信上说，这个人到了就把他关起来！

我没有犯法。

犯没犯法，写信送你来的人来了就知道了。

然后，他跟好些人一同关在一个大房子里。后来，一起的人都处理了，有了各自的结果。有要坐牢的，也有教育一阵，无罪释放的。就剩他一个人了，始终没有人来看他。看管人的也松懈起来。一个晚上，电闪雷鸣之时，他从窗户上探出头去，没有人喊回去，没有手电光闪过来。他从窗口上跳出去，也没听到人拉动枪栓。他就跑到外面去了。第二天，他还在县城里晃荡了一天，也没有人来抓他。于是，黄昏时分，他就出了县城，往机村的方向去了。

他一进家门，妹妹斯烱就哭喊着摇晃着他，工作组让我到山上找你，你为什么不出来？你为什么现在又自己跑出来。

他还没有来得及辩解，妹妹又喊道，工作组在找你，你到工作组去！

他只好跑到工作组去。他想，人家又没叫他，自己跑去干什么呢？所以，就只在工作组住的那座房子门前徘徊。

这座房子是村子里最漂亮的房子。比村子里所有二层三层的房子都要高上一层。一般的房子是六根柱子，八根柱子，这座房子是十六根柱子。所以，这座房子的主人就成了地主。这座房子为两兄弟所有，他们共同娶一个老婆。工作组在村里作了很多调查研究，也弄不清楚这座房子的真正主人是这两兄弟和他们共同的老婆中的哪一个。本来只有一顶地主的帽子，因为弄不清这三个人哪一个是真正的主人，干脆就又从上面再申请了两顶帽子，这才解决了这个问题。

早在1954年，三个戴了地主帽子的人，就被逐出了这座房子。一层建了供销社，二层三层就成了工作组来村里时的临时住地。

斯烱的哥哥在工作组驻地前徘徊了足足半天时间，看到一个人立在窗前用口琴吹着激昂的乐曲。看见一个穿了灰色干部服的姑娘，提着一个篮子到溪边洗菜。那姑娘唱着歌，蹦蹦跳跳的，都不看他一眼，就从他身边过去了。他想起，前些年，妹妹斯炯就是干这个的，然后，就去了民族干部学校。想到妹妹是因为他，失去了成为干部的机会，这个烧火和尚前所未有地伤心起来。他伤心得泪水迷离。他想，自己真是一个俗人了。早年进庙，落发，披上紫红袈裟，废了在俗家的名，得了法名，称做法海。但这个连老爹都没有的穷孩子，没能投在名僧门下去学去修行，因没有钱财供养上师，只能成为杂役僧，换取衣食，是为烧火和尚。听来一些经文，也都一知半解，自己琢磨，也就是叫人安于天命，少有非分之想的意思。心里起了什么欲念，便是按捺，再按捺。久而久之，人就变得懦弱，而且有些迟钝了。现在，他却悲从中来，任由情绪控制了。天黑下来，这是八月了，楼上飘下来烹煮蘑菇的香味。

这个季节，不是羊肚菌的时光了。

这时是从青㭎林里来的松茸登场了。

那个时候，还没有松茸这个名字。那时羊肚菌之外的所有菌类，都笼而统之称为蘑菇。最多为了品种的区分，把生在青㭎林中的蘑菇叫做青㭎蘑菇，把生在杉树林中的蘑菇叫做杉树蘑菇。

楼上在用红烧猪肉罐头烧这种蘑菇。香味飘到楼下，楼下那个没人理会的法海和尚却因为妹妹和自己奇妙的遭际泪水迷离。

第三件事，斯炯在这一年生了一个孩子。

斯炯上了一年民族干部学校的意义似乎就在于，她有机会重复她阿妈的命运，离开机村走了一遭，两手空空地回来，就用自己的肚子揣回来一个孩子。一个野种。

和尚法海收了泪，回到家中，对妹妹说，没人来理我。

斯烱正在给孩子喂奶，便拍着孩子的脑袋说，舅舅回来了，叫舅舅啊！

孩子吐出奶头，咧开嘴笑，并发出模糊的音节，啊，啊啊。

法海便笑起来。他听到自己的心脏咚咚撞击胸腔。

斯烱说，和尚舅舅，给侄儿取一个名字吧。

法海就说，我亲爱的侄儿还没有名字吗？

斯烱笑道，家里男人不在嘛。

法海抱过侄子，把茶碗里正在融开的酥油蘸了，点在婴儿额上，说，你叫胆巴。

第二天，斯烱上山，滑倒在地，脚蹬开树丛间的青㭎树边缘带着尖齿的浮叶，下面露出了一群蘑菇。密密麻麻挤在一起。斯烱不顾被树叶上的尖齿扎痛的双手，笑了，说，蘑菇在开会呢。

斯烱从这群蘑菇中采了十几只样子漂亮，还没有把菌伞撑开的，带下山来。

经过工作组的房子前，她取出一多半，放在院墙头上。一个队员从窗口望见了。说，乡亲，谢谢了！

斯烱怔了一下，他们真的把她看成一个村民，而不是干部了。以前，他们叫她斯烱，更不会为了几只蘑菇就客气地说谢谢。是啊，穿回来的干部服已破得不成样子，叫阿妈改成小裤子小褂子，穿在儿子身上了。

斯烱对楼上说，我哥哥回来了，他给我儿子取了名字，叫胆巴。

那个人听了她的话，扬扬手，从窗口消失了。

她不知道，楼上当年把她名字写成斯烱的人，那位名叫刘元萱的工作组长正在问，刚才斯烱在说什么？

她送了些蘑菇来。

我没问蘑菇，我问她说什么。

她说他哥哥回来了。

回来了，就回来了，叫他老老实实从事生产。

那人就到窗口喊，叫他老老实实从事生产！

可斯烱已经走远了，拐过一个弯，消失不见了。

那人又回身说，她走远了，没有听见。

走远了还喊什么喊？

她儿子有名字了，叫胆巴。

哦，到底是庙里回来的，有点学问嘛！知道元代赵孟頫吗？知道胆巴碑吗？我看你们不知道，这个名字的喇嘛，当过元朝皇帝的帝师啊。你们不知道，我倒要问一问他。

过几天，斯烱上山去，不由得走到那个有很多蘑菇的地方去看上一眼。如果上次是蘑菇开小会，那这回开的是大会了。更多的蘑菇长成好大一片。斯烱知道，自己是遇到传说中的蘑菇圈了。传说圈里的蘑菇是山里所有同类蘑菇的起源，所有蘑菇的祖宗。她又采了一些。下山来，又把一多半放在工作组房子的墙头上。这时窗口上传来声音说，你，不要走，等我一下。

那是工作组长刘元萱，当年送她进了干部学校的那个人。不一会儿，他披衣下来，站在斯烱面前，你哥哥回来了，也不来报个到。

斯烱问，现在吗？

随时。

法海和尚来了。

工作组长复又从楼上披衣下来。问他，出家多少年了。法海回话，十几年了，名叫法海。嚯，这名字也有来历。法海说，我们庙里好几个法海。跟的是哪位上师啊？我家穷，没有布施供养，吃穿都靠着庙里，拜不起上师，就是每天背水烧茶。哦，以前的汉地，有个烧火和尚，叫做惠能，得了大成就成为禅宗六祖，你可知道。法海摇头。你给侄儿起名叫做胆巴，元朝时候，有个帝师，也是藏族人，也叫这名字，你可知道？法海复又摇头，说，村里还有几个男人，也叫胆巴。组长失望了。如此说来，你真的就是个烧火和尚。我是烧火和尚。那么回去吧，好好劳动，努力生产。

法海就转身离去了。

走了几步，和尚法海又回过身来，他对工作组长说，我十一二岁到庙里……

组长在他犹豫的时候插话进来，到底是十一岁还是十二岁？说清楚点。

我十一二岁时就到庙里，除了背水烧火劈柴，什么都不会干。

组长徘徊几步，放羊会吧！早上把羊群赶上坡吃草，下午把它们从坡上赶下来！

这样，和尚法海就成了村里的牧羊人。

进屋时，斯烱正在一只平底锅中把酥油化开，把白生生的蘑菇片煎得焦黄。这是她在工作组时学来的做法。蘑菇没下锅时，有奇异复杂的香味，像是泥土味，像是青草味，像是松脂味，煎在锅里，那些味道消散一些，仿佛又有了肉香味。机村人的饮食，自来原始粗放，舌头与鼻子都不习惯这么丰富的味道。所以，面对妹妹斯烱放在他碗中的煎蘑菇片，法海并无食欲。

斯炯说，吃吧，这样可以少吃些粮食。都说社里的粮食吃不到明年春天。

法海像个孩子一样抱怨，我们从来都只是吃粮食、肉和奶的。

斯炯像个上师一样说，也许一个什么都得吃点的时候到来了。

1961 年，1962 年，后来机村人回忆说，那时我们的胃里装下了山野里多少东西啊！原来山里有这么多东西是可以用来填饱肚子的呀。栎树籽、珠芽蓼籽、蕨草的根，还有汉语叫人参果本地话叫蕨玛的委陵菜的粒状根，都是淀粉丰富的食物。还吃各种野草，春天是荨麻的嫩苗、苦菜，夏天是碎米荠的空心的茎，水芹菜和鹿耳韭。秋天。秋天各种蘑菇就下来了，那也是机村人开始认识各种蘑菇的年代。羊肚菌之外，松软而硕大的牛肚菌，粉红浑圆的鹅蛋菌，还有种分岔很多却没有菌伞的蘑菇，人们替它起个名字叫扫把菌，后来，刘元萱组长说，不用这么粗俗嘛，像海里的珊瑚树，就叫珊瑚菌吧。

是工作组和从内地的汉人地方出来逃荒的人教会了机村人采集和烹煮这些东西。

工作组略过不说。那个逃荒回来的人是吴掌柜，他当年是机村东头那条小街上的旅店掌柜。公路修通后，他们一家人就回内地老家去了。

那天，法海和尚上山放羊。

那天，他赶着羊群，经过人们不常去的那段石板铺就的荒废小街。那百十米长的街道上，石板缝里长满了荒草。羊群走过去，碰折了牛耳大黄和牛蒡，散发出一种酸酸的味道。街两边早年的店铺顶都塌陷了，板壁也在朽腐中，斯炯当年帮工时用木炭描在上面的字迹已经相当模糊了。这荒凉的废墟中，似乎有鬼魂游荡。法海口里念动咒语，心里就安定了。

下午赶着羊群再次经过这个废弃的街道时，他仿佛看见，某一座房顶上缭绕着若有若无的蓝烟。他耸耸鼻子，闻到了烟的味道，是湿柴燃烧的浑浊的味道。他心惊肉跳地催动羊群快速通过了那条街道。

晚上，斯炯煮了一大锅汤，里面只有很少的面片，其余都是蘑菇。

放下饭碗，法海开口了。我看见了奇怪的事，说出来怕人说我宣传封建迷信。

斯炯说，这是在家里，只有我和阿妈。

法海才说，我碰到鬼了。

斯炯没说什么，只看了阿妈一眼。阿妈也不以为怪。

他说，他在老街上遇到鬼了。那些鬼在破房子里生火，还在破窗户下晾晒了野菜和蘑菇。

斯炯说，不要说了，再说，我以后不敢再去那地方了。

法海笑了，说，我看到你以前写在板壁上的字还在呢。

斯炯沉下脸来，那是另一个人写下的。一个鬼写下的。

连着下了几天雨。

天气也一天冷过一天。山下下雨，山上起了雾，把山林和天空都遮得严严实实，寒气四起。机村人知道，那是山上的雨已经变成了雪。但是地里的庄稼还没有收回来，空气中充满了那些没有结穗的麦草在雨水中沤烂的味道。那是令人绝望的味道。

终于，无有边际的冰凉雨水止住了，云缝中放出耀眼的阳光。

那时，斯炯正在屋里跟阿妈说话。

阿妈说，这么多雨，不要说庄稼，地里的草都沤烂了，没有指望了。

法海说，烂了就烂了吧，人反正也不能靠吃草过活。

斯炯说，我操心的不是这个，是雨把青㭎和蘑菇都沤烂了，那才是不让人活。好在太阳出来了。

说完，她就把孩子塞到他外婆怀里，出门去了。

连续阴雨后的荒野真是凄楚。林子里的蘑菇都腐烂了。那么大一个蘑菇圈里，起码有两三百朵蘑菇，经过连天阴雨，只剩下十几朵没有腐烂。她赶紧把它们收集起来。斯炯觉得，蘑菇腐烂的气味令她有些心伤。于是，她抬起头来，把视线转移到树上，她看到青㭎树籽还一粒粒挂在枝头上，拇指头那么大一颗颗的果实，紧嵌在褐色壳斗中，闪闪发光。斯炯想，不成熟的庄稼烂在地里，等太阳把树上的水气晒干，就该到树林里来搞秋收了。她的心情立即就好多了，觉得笑容浮现在了脸上。她抬手在脸上抚摸一阵，把双手举在眼前，并没有看到笑容转移到手掌之上。

出了树林，斯炯对自己说，太蠢了，笑怎么会跑到手上。

但她知道自己笑得更厉害了，于是一边走，一边把手举在眼前，想看到上面确实有笑容出现。

她一路想青㭎树上那些饱满的亮锃锃籽实，一面笑着。这是饥荒将要驾临机村的时候，她知道，有了这些籽实，他们一家就能熬过荒年。她在说，阿妈，看着吧，哥哥看着吧，儿子看着吧，我能让一家人度过荒年。

等到她觉得走到了家门口，要抬手推门时，才吃了一惊。

她不在村子里自家的门前！

她发现自己站在那条荒废已久的小街上。她不敢对自己说，一定是遇见鬼了。那时的机村人相信，有一种鬼会把人引到他们的地盘上。

斯烱想起了哥哥的话，说她以前用木炭描在板壁上的字还在。她想，那是鬼在引我呢。脚步却止不住，很快就来到了她帮过佣的吴记旅店门前。她描下的字真的还在，但被风吹日晒雨淋，不止是字迹已经快淡到没有，连木板的棕褐色也将消失殆尽，变成了一片惨白。她伸出手，要去摸摸那些淡淡的字迹，木板就破碎了。不是她手碰触到的那一小块，而是整个一面板壁都塌下来。腐烂的板壁塌下来的时候，没有一点声响，就是悄然下滑，变成一些细碎的粉末，堆在她脚前。店铺的内部一下在她面前洞开。

接下来，她看到了一堆有气无力的燃着的火，看到了一个人，一个老人，面容悲戚坐在火边。

斯烱惊呆了，哥哥法海说有鬼，现在，一个鬼真的出现在她面前了。

那个鬼抬起眼皮，看着她，哑声说，是斯烱吧。

斯烱不敢惊叫，小声说，鬼啊！

那个鬼说，我不是鬼，我是吴掌柜。

斯烱想跑，却挪不动步子，恐惧把她的双脚钉住了。

那个鬼又说，你仔细看看，我是吴掌柜。

这回，斯烱从这个鬼身上看出一点过去那个掌柜的影子。小眼睛，山羊胡须。斯炯战战兢兢问，掌柜，你死了吗？

我没死。

那你的鬼怎么回来了。

掌柜的嘴里发出了哭声，我们一家七口人从这里走的，只有我一个人回来了，变鬼的那些人都回不来了。掌柜哭泣的时候，眼泪鼻涕从那沟沟坎坎的脸上慢慢滑下来，最后，都亮晶晶地挂在了那几绺花白干枯的胡子上。掌柜又伸出一双瘦脚，两只脚上套着不一样的鞋子，两只鞋底都已经磨穿。他说，要是捡不到这些鞋，我都走不到这里了，走不到你们蛮子地方了。

斯炯问了一句话，你走来这里干什么？

掌柜小心翼翼地问了一句话，我惹你不高兴了？

斯炯在民族干部学校学到的东西涌上心头，涌到嘴边。不准说蛮子地方，解放了，民族政策，要说少数民族地方。

是啊，是啊，解放了，说错话也是不允许的。我想我只有走到这里才有活路。山上有东西呀！山上有肉呀！飞禽走兽都是啊！还有那么多野菜蘑菇，都是叫人活命的东西呀！

听着这些话，斯炯也变得眼泪汪汪了。

以前的掌柜说，我想求你要点东西。

斯炯说，呀，掌柜，现在我们一家为省点粮食，吃得满身都是蘑菇味，哪里还有东西可以施舍给你呀！

掌柜笑了，斯炯长大了，会哭穷了。他笑着的时候，露出了通红的水淋淋的牙龈。

斯炯想起，以前掌柜的牙齿就不好，吃完饭，就用腰上挂着的一只象牙签剔牙。他从牙缝里剔出的都是牛肉羊肉或者野物肉的粗纤维。他会举着这些细肉丝在眼前，感叹自己的苦命。感叹自己在老家立足不住，来到这只能吃肉而少有菜吃的地方。他常常举着牙缝里剔出来的肉丝怀念家乡那些菜，豆腐、豆花、莲藕、笋、丝瓜、豆尖……这样的结果是，他的牙缝越来越宽，从牙缝里剔出的肉纤维越来越多。那时，掌柜就这样天天诅咒这个蛮子地方，诅咒自己开的这个店。

现在，他那些稀松的牙齿快掉光了，嘴里就剩下颜色鲜艳的让人恶心的牙龈。

他对斯烱说，给我一小块肉吧，我满身都是草的味道了。

斯烱想起以前他讨厌肉的样子，说，没有肉了。同时，嘴和喉舌间唾液泛起，生起了她对肉的怀想。

掌柜又哀求，我要盐，不然，往肚子里塞再多野菜和蘑菇，我也站不起来了。

斯烱笑了，有了供销社，盐可比以前便宜多了。

掌柜又露出他满嘴令人恶心的牙龈，他说，我吃了两只土拨鼠，好多泥鳅，和着野菜一起煮，但没有盐，身上还是没有力气，我都快站不起来了。他说，只要你给我一些盐，身上有了力气，我就能弄到更多的肉。

斯烱回家，告诉放羊的哥哥，说老街上没有鬼，是以前的吴掌柜偷跑回来了。斯烱包了些盐在旧报纸里，让哥哥放羊时顺便送去。

哥哥不同意，说，千里万里的，说回来就回来了，你怎么晓得他不是个鬼？

斯烱说，你是和尚，念两句咒，就是鬼也镇住了。

哥哥说，我不是大喇嘛，一个烧火和尚的咒怕是没有那么大法力吧。

斯烱却抽不出时间往那条废弃了的老街上去。雨水一停，工作组就组织全部劳动力抢收地里那些因肥力过度而不能成熟的麦子。工作组在动员会上说，收不到粮食，但这些麦草都是很好的饲草，可以把集体的牛羊喂得又肥又壮，庄稼怕肥，难道牲口也怕肥吗？组长有学问，说了一句村里人不懂，工作组里人也大多不懂的话，失之东隅，收之桑榆。这句话经过多次解释，多重翻译，终于让村里人听懂了。这句经过多次翻译的话最后成了这样：太阳出来时没有得到的，会在太阳落山时得到。

有人说怪话，说太阳出来时失去的粮食，太阳落山时变成了草。

工作组说，草喂牛喂羊，就变成了肉，所以，太阳落山时就得到了肉。

收割下来的草太多了，晒在栅栏上，一束束挂在树上，整个村子充满了正在干燥的麦草散发的清香。放羊的法海和尚更忙了，夜里起来两次，往羊圈里添那些草。他的羊群吃着这些肥美的麦草，胀得都走不了路了。早上，羊栏门打开，它们都惺松着眼睛，又肥又懒，赖在圈里不肯上山了。

斯烱只好在一个黄昏，带着满身的麦草香亲自把盐送给吴掌柜。

吴掌柜守着一坑微火，火上架着半边铁锅，里面的野菜都煮成了糊，他又流下眼泪，望眼欲穿，望眼欲穿呀！若大旱之望云霓呀！他直接把一撮盐入在口中，吃了，又往野菜糊里放了许多，也呼呼噜噜地喝了。他心满意足地拍着肚皮，说，斯烱，你的家乡真是好地方，这么大的山野，饿不死人的呀！

斯烱就想起他以前诅咒这蛮子地方的情形来。

还没等斯炯开口，提提这些旧事，掌柜又哭了起来，可是，这么好的地方，我是呆不长啊！

斯炯说，你就呆在这里，怎么呆不长？

掌柜说，现在不是随便跑来跑去的时代了。我的户口不在这个地方。我的户口在饿死人的地方。

虽然不时有传言说，内地的汉人地方这两三年都饿死人了，她还是不能相信掌柜一家都死得只剩下他一个人了。掌柜吃了盐，更有力气絮絮叨叨了。这让斯炯有些不耐烦。她看见月光越过墙头落在脚前，就要告辞离开了。掌柜说，你不要走，山里好多野菜都可以吃，你们不认识，我把那些野菜教给你。他从墙头上拿下晾得半干的野菜。斯炯一看，眼前就出现它们长在野地摇晃在风中的样子。她说，好吧，我知道它们可以吃了。然后，她就离开了。

吴掌柜说，过几天，你再来，我还教你认识更多的野菜。他说，你要再带些盐巴来啊！

斯炯没有回头，走在杂草丛生的老街上，前方的天空中半轮月亮在云彩中进进出出，她心里想，可怜的掌柜到底是个人还是个鬼呢？

回到家里，哥哥等在院门口不让她进门。他口里念念有词，端着一只燃着柏枝的香炉，把她周身细细熏过。这才放她进门，你不怕鬼，但不能把鬼气带回家里来。

熏完香，哥哥看她上楼，回身又往羊栏添草去了。

荒废的老街上有鬼的消息在村子里传开。

斯炯沉默不言，走在山野里，看到吴掌柜指给她的野菜，她心里就想，原来这些都是可以吃的。都是看见就认识却没有名字的。多少年后，在县里当了干部的儿子，想念山野的味道了，会捎信来说，请阿妈采些碎米荠来吧，请阿妈捎些荨麻苗吧。当然，也会捎信说，请阿妈带着新鲜的松茸来看孙儿吧。她才知道这些野菜和蘑菇的名字了。直到这时，她也才晓得，蘑菇是所有菌子的名字。她守了几十年的蘑菇圈里的蘑菇还有自己的名字。

但那是很久以后的事情了。

那时，她对这些还一无所知。她只是听凭逃荒的吴掌柜的指点，比村里人多认识了几种野菜。吴掌柜吃了盐，还是有气无力的样子，对她说，斯烱啊，还有蘑菇。蘑菇不像野菜，四出随风，无有定处。蘑菇的子子孙孙也会四处散布，但祖宗蘑菇是不动的。它们就稳稳当当呆在蘑菇圈里，年年都在那里。

斯烱笑起来，我已经有一个蘑菇圈了。

真的，那你是一个有福气的人啊。

斯烱心里因他这话而有些悲伤，她想起民族干部学校干净的床铺，书，笔记本，但她随即转了话题，说，你都吃了那么多盐，怎么还是有气无力的样子啊！

吴掌柜沉默了。后来，他说，悲伤，是悲伤，我这几天才有力气想，这样活下去又如何呢？吴掌柜又笑了。他笑着说，我看我是活不下去了。这一回，他没有坐在破房子的火边不动，而是伴着斯烱穿过荒废的长满了荨麻、臭蒿和牛耳大黄的街道。走到当年的街口了，掌柜说，这棵丁香还在啊！斯烱就想起来，五六月份时，当年的街口真有一棵盛放的，香气浓烈的花树。现在，它只是纷披着盛密的绿叶，在太阳下闪闪发光。而山坡上的桦树林已经开始泛黄了。

吴掌柜说，好心的斯烱啊，你不用再来看我了，我要走了。

斯烱说，你又要回老家去吗？

吴掌柜说，冬天要来了。

斯烱回身，视线穿过那条短促而荒芜的街道，看到更远处的峡谷，和峡谷尽头那座雪山。吴掌柜的老家就在山那边什么地方。

斯烱说，多远的路啊！其实，她并不知道那路到底有多远。

吴掌柜笑笑，说远也远，说近也近，说不定一眨眼工夫就到了。

斯烱是个没心眼的人，听不懂吴掌柜是话中有话。又过了几天，她才明白掌柜说要走了是什么意思。

那天半夜，村外山坡上燃起了一大堆火。

工作组分析，这不是普通的火，是潜伏特务给反攻大陆的台湾蒋匪帮的飞机发信号。以前，台湾也有东西到山里来过，不是飞机，是大气球。大气球飞到村子上空，就爆开了，撒得满山都是彩色纸片。这些纸片画了什么或写了什么，斯烱没有见过。传单都被上山搜查的民兵捡干净了。和传单一起从天上下来的还有包裹得花花绿绿的糖果，期烱和村里人见过但没有尝到过。工作组说了，这些糖果上粘了毒药，是蒋匪帮毒杀人民的诱饵。工作组得知山上燃起大火这一天，村里立即响起尖利急促的口哨声。民兵集合，向山上掩杀而去。全村人都在山下观看。人们看到，在杉树和栎树混生的林子和草坡之间，民兵们形成了一个包围圈，把昨夜燃起火堆的地方包围起来。包围圈越来越小。斯烱开始担心了。她把手指头伸进嘴里，用牙齿紧紧咬住。有几个民兵再往右边的林子靠近一些，就要发现她的蘑菇圈了。他们端着枪，离她的蘑菇圈越来越近。斯烱都要叫出声来了。那几个端着枪的人距她那隐秘的地方实在是太近了。她想，要是那些蘑菇像人一样，懂得害怕，一定就会尖叫着四散奔逃了。

这时，山上有人发一声喊，民兵们齐齐扑向一个地方，齐齐把枪指在了地上。

后来，他们就两手空空下山来了。

大家又回到地里收割和搬运那些穗子没有成熟的肥壮麦草。他们什么也没说，但一股神秘的气氛还是从人们中间四散开来。村民们开始议论遥远的，他们一无所知的台湾。

这气氛也感染了斯烱。晚上，吃蘑菇野菜面片汤的时候，斯烱对哥哥说，山上一定有民兵没有捡干净的纸片。哥哥说有时会看到，但都被雨淋坏，被羊咬破了。

法海说，羊都不肯咽下去的东西，你要来干什么？

斯烱说，我就是想看看。

法海抱怨，吃了那么多麦草，羊都不肯上山，每天把它们赶上山，就把我累坏了，还要替你找什么纸片。

斯烱用汤里的面片喂饱了儿子，把他塞到法海怀里，稀哩呼噜地喝起面片汤来。他们不知道，这时，民兵又按工作组的安排悄悄摸上山去了。白天，他们冲上山去，只在包围圈中心发现一些灰烬，一些浮炭，还有几根啃光的肉骨头。这一回，民兵们趁月亮还没有起来，摸上山去潜伏下来。但是，这个晚上，那个燃火的人没有出现。连着三个晚上，那个燃火的人都没有出现。于是，民兵也就停止了潜伏行动。

民兵停止潜伏行动的这个晚上，吃晚饭时，斯烱对哥哥说，对你侄儿笑笑，不要把脸弄得那么难看。

法海抱怨，吃这么多野菜和蘑菇，脸好看不了。

斯炯的脸也难看起来，不给他盛面片汤，也不把儿子塞到他怀中。

法海自己觉得没道理了，他说，斯炯啊，我好像丢了一只羊。

斯炯立即放下饭碗。

我数过，一百三十八。前天数，一百三十八，昨天数，一百三十八。本来是一百三十九只啊！

今天没数？

哥哥低下头，我不想数了。

斯炯起身，马上去数！

哥哥说，天黑，看不见啊！这时，他还不知道，今天他又丢了一只羊。

这时，儿子哭了起来。平时就是哭也只是小小地哭上两三声的儿子这回却哭个不停。

法海和尚没有侍弄孩子的经验，只一迭声地说，胆巴他怎么了，胆巴你怎么了。

胆巴继续哇哇大哭。

斯炯抱着儿子，絮絮叨叨，胆巴怪舅舅不懂事呢。舅舅嫌饭不好呢。舅舅丢了羊呢。舅舅让妈妈成不了干部呢。说着说着，自己眼里的泪水就滑下来，挂在脸上。这时，村子里响起了急促的哨子声。金属口哨声响亮而又尖利，刺得人耳朵生痛。

山上那个火堆又燃起来了。

全村人都从屋子里出来，望着山坡上那堆篝火。那堆火并不特别盛大明亮，而是闪闪烁烁，明灭不定。民兵们发起冲锋，散开战斗队形，扑向山上那一堆野火。

这一回，他们没有扑空，一个人坐在火边，眼光明亮贪婪，在啃食一只羊腿。这只羊腿是来自法海放牧的羊群中的第二只羊。那个人就是逃荒回来的吴掌柜。他的山羊胡须上沾着的羊油闪闪发光。民兵们拉开了枪刺和没有拉开枪刺的枪齐齐指向他。吴掌柜叹口气，脸上露出奇怪的笑容，他站起身来，自己把手背到背后，让人来绑。上绳索的时候，他又很奇怪地笑了一下，说，没想到，临了还能做个饱死鬼。

吴掌柜当时说的话，后来从民兵嘴里传出来的，斯烱和别的村民一样，并没有亲耳听见。她和别的村民一样，当时只看到山上的火灭了，又看到一串手电光从山上下来，看到一个被反绑了双手的人被带进了工作组在的那座房子里。

那是机村少有的一个不眠之夜。很多人都认出来那个山羊胡须的吴掌柜。他们一家在村东头那条曾经的小街上开了十多年的店。他们在公路修通，驿道凋敝时离开机村，回到老家。人们还记得他离开时，带着一家老小转遍整个村子，挨家鞠躬告别的情形。但村里没人知道他何时回来，为什么回来，而且这样行事奇特，要偷杀合作社的羊，并于半夜在山上生一堆火，在那里烤食羊腿。只有斯烱知道他是出来逃荒的。知道他这么做是不想活了。

早上，民兵们要把吴掌柜押到县里去。

村里人都聚集在村中广场上，来看这个消失多年又突然现身的吴掌柜。他脸上仍然挂着奇怪的笑容。他已经变得花白的山羊胡须上仍然凝结着亮晶晶的羊油。

他的眼光在人群里搜寻。斯炯知道，他是在寻找自己。起初，斯炯躲在人群背后，不敢露脸，但她看到吴掌柜脸上露出了焦急的神情，斯炯想，这个可怜人是要跟自己告别。她便奋力挤进人群，站在了他面前。吴掌柜舒了一口气，他说，我回机村来是对的，临了还能做一个饱死鬼。

斯炯忍住眼泪，面无表情地站在吴掌柜面前。

掌柜说，斯炯啊，我看到你的蘑菇圈了。真是一个好蘑菇圈。吴掌柜又悄声说，你要去看看你的蘑菇圈。

斯炯说，天凉了，十几天前就没有蘑菇生长了。

吴掌柜很固执，去看看，说不定又长出什么来了。

民兵横横手里的步枪，说，住嘴！

本来想反驳吴掌柜的斯炯就不说话了。

吴掌柜被民兵押着上路了。

走到村口，往西北去，是开阔谷地，往东，河水大转弯那里，有一堵不高的石崖。崖顶上长着几株老柏树，树下面十几米，河水冲撞着崖壁，溅着白浪，激起漩涡。崖上的路，也在那里和河水一起转而向南。吴掌柜没有随着道路一起转弯，他一直往东走，走到了一株老柏树跟前。他回过头，看了尾随而行的看热闹的人群一眼，再转身直接往前，直到双脚踏空，跌下了悬崖，在河水溅起了一朵浪花。只有两个押送的民兵看到了那朵短暂的浪花。等其他人也扑到崖顶，看那河水时，浪花已经消失了。跌进水中的人也消失不见了。后来，那个没有了魂魄的尸身从下游几百米处冒上了水面，没有人试着要去打捞这具尸体，只是望着他载沉载浮，往他家乡的方向去了。

斯烱害怕得要命，没敢走到崖前向河里张望。她浑身颤抖往家里走去。回家的路上，她看见法海正赶着羊群上山，羊群去往的地方，正是昨晚民兵把掌柜抓下山来的那个地方。

她也就跟着爬上山去。

她追上法海的时候，羊群已经在泛黄的秋草间四散开去。法海站在一摊灰烬前发呆。昨夜，那里还是一团闪烁不定的火光，现在却只是一些暗白色灰烬和一些黑色的浮炭。斯烱盯着那了无生气的火堆的遗迹，眼泪潸然而下。法海和尚却在笑。他说，幸好民兵抓住了他，不然，他们会说我破坏集体经济，他们会怀疑是我吃了那两只羊。

斯烱流着泪，说，吴掌柜跳河了。

法海和尚平静地说，他是解脱了。

斯烱说，我害怕，他最后的话是对我说的。

法海和尚说了让斯烱记得住一辈子的话，他说，你是怕他变鬼吗？没有庙，没有帮忙超度的人，他变鬼有什么用呢？他用脚拨弄灰烬旁那段羊腿骨，说出了心中的疑问，他杀了我两只羊，为什么只有一段羊腿骨，难道他饿到连那些骨头都吃了？

斯烱对法海这样的表现很失望，觉得他是个没脑子，同时更是个没心没肺的人，便离开他转身下山。这时，她耳边响起了吴掌柜最后的话，那嘶哑而又平静的声音在对她说，斯烱，去看看你的蘑菇圈吧。

她绕了一个弯，避开放羊的法海，钻进了树林，轻手轻脚，来到了她的蘑菇圈跟前。几株栎树，几丛高山柳之间，是一片湿漉漉的林中空地。曾经密密麻麻，采了又生，采了又生的蘑菇全都消失了。只有颜色变得黯淡的落叶，枯萎的秋草，显出一种特别凄凉的情景。蘑菇们都被秋雨淋回地下，要明年的夏末秋初才肯露头了。斯炯想，吴掌柜叫我来看什么呢？一定是他临死前害怕得神智不清了。

但她随即又否定了自己，今天早上吴掌柜的样子，是他潜回机村来后最镇定自若的。斯炯不是一个脑子灵活的人，更不是个要强迫自己去想那些难以想清楚的事情的人。于是，她转过身来，带着一点失望的心情离开她的蘑菇圈。这时，她看见一只狐狸隔着一丛柳树探头探脑地向她张望。等她走出了二三十步，那只狐狸就从柳树丛后跳了出来，伏下身子在泥地上飞快地刨将进来，狐狸的头埋进了浮土和枯枝败叶中，斯炯只看到它高高竖起的的尾巴在眼前摇晃不休，看到被狐狸刨出来的泥巴与枯叶在尾巴周围飞起又落下。

接着，她就闻到了肉的味道，带血的生肉的味道。

这一刻，她明白了吴掌柜那句话的意思。她冲上去，狐狸跑开。她从狐狸刨出的小洞中看见了一颗羊头。这回，是那只不甘心的狐狸隔着柳丛向她张望。她紧抓住两只羊角，口里哼哼有声，把一只羊从地下拖了出来。那是用一张剥下的羊皮包裹着的缺了一条腿的羊。也就是说，这只羊还有三条腿和一整个身子。而且，还是一只肥羊。

斯炯先是吃惊，然后就笑了起来。

她知道自己不能现在就背负羊肉下山，她更知道，要是把羊肉留在山上，那这只眼睛放光的狐狸什么都不会给她剩下。于是，她重新把羊肉埋在浮土中，把身子坐在上面，紧盯着狐狸开始歌唱。

她唱当地的歌。那歌唱的是春天到来时，草原上有三种颜色的花朵要竞相开放。蓝色的花，红色的花和金黄色的花错杂开放，那就是春天来到人间，犹如天堂。

她又用汉语唱这些年流行开来的歌。社会主义好，社会主义好。毛主席呀派人来，雪山低头向那彩云把路开。雄赳赳气昂昂跨过鸭绿江，保和平卫祖国就是保家乡。她不知道，那些跨过鸭绿江的军人早几年就已经班师回朝了。

她一直唱到盯着她不明所以的狐狸从眼前消失了。

那一天，闻到肉味来到她跟前的还有一只臭哄哄的獾，两只猞猁和好几只乌鸦。那几只乌鸦是一齐飞来的，它们停在栎树的横枝上，呱呱叫个不停。那声音让斯烱感到害怕，但她还是坚持坐在掩藏着羊肉的浮土上一动不动。她看见，躺在高处草坡上睡觉的法海被这群乌鸦吵得不耐烦了，站起身来，又是挥动手臂，又是长声吼叫，终于把那些乌鸦轰跑了。

斯烱想，这个和尚哥哥还是能帮上一点忙的。这样的想法使她感到安慰和温暖。

这样的温暖一直持续到她晚上把羊肉背回家里。

回到家时，法海不在，工作组要调查那只羊是如何被吴掌柜偷走的，他被叫去问话了。这使斯烱有足够的时间把羊肉挂到房梁上，让火塘里的烟熏着。她有把握，法海和尚是不会抬头往黑黝黝的房顶张望的。他总是低着头，总像是在看着自己的心。这个烧火和尚总是以这样的姿势，在默诵他十几年的寺庙生涯中习得的简单的经文与偈咒。除此之外，这个家里不会有人来。

本来，她想煮一块羊肉，让家里每个人，母亲，儿子还有哥哥和自己都喝上一碗香喷喷的羊汤，但她克制住了这样的冲动。她知道，这样做会让哥哥感到害怕。而母亲看着这一切，一言不发。自从她和法海回到这个家，他们的母亲就像被夏天的雷电劈了，不关心身边的事情，甚至也不再跟人说话。

忙完这一切，法海回来了。他端着手里的蘑菇土豆和面片三合一的汤，还说怪话，来世我不会变成一朵蘑菇吧。

斯烱说，没听说过有这样的转生啊。

法海说，蘑菇好啊，什么也不想，就静静地呆在柳树阴凉下，也是一种自在啊！

斯烱笑了，哥哥的话让她想起一朵朵蘑菇在树阴下，圆滚滚的身子，那么静默却那么热烈地散发着喷喷香的味道。

法海又说，明天，他们要找你问话呢。

斯烱说，人都死了，问就问吧。

几天后，村子里出来一张布告。说吴犯芝圃，身为剥削阶级，仇视社会主义，逃离原籍，四处流窜，响应国际反华逆流，破坏集体经济，被高度警惕的人民群众捕获后，畏罪自杀，罪有应得，遗臭万年！那张布告跟那年头流行的盖了人民法院大印的布告不一样，是用墨汁饱满的毛笔写下的，出自当年为斯烱的名字定下汉字写法的工作组长刘元萱的手笔。

听人念了，解释了布告的意思，斯烱和机村人才知道吴掌柜的全名，叫吴芝圃。

这个名字被机村人念叨了好几年。那一年正好是十来岁的那批机村孩子，行夜路时互相吓唬，就会用不准确的汉字发音发一声喊，芝圃来了！

饥荒年过去了三四年后，那批孩子自觉已经长大成人，不再玩这个看起来幼稚的游戏。一批新的半大孩子，在村中呼啸而来又呼啸而去时，有了新发明出来恐吓同伴的游戏。他们时兴的是，突然从一个隐蔽处窜到同伴身后，把一截木棍顶在人腰间，大喝一声，缴枪不杀！这是对每月一次在村中广场上演的露天电影的认真模仿。

斯炯的儿子也快到上学的年纪了。斯炯的儿子长得比村里别的同年的孩子都白净高大。在这群饥馑年出生的瘦弱孩子中特别显眼。斯炯知道，都是吴掌柜留下的那头羊的功劳。

胆巴学那些大孩子，把一截木棍顶在舅舅腰间，说，举起手来，缴枪不杀！

他不知道舅舅是前和尚，一个并不明白高深教理的坚定佛教徒，所以，他坚决不肯举起手来。

没有得到响应的侄儿便咧开嘴哭了。

斯炯把儿子揽到怀中，你早该知道舅舅是没良心的人。

法海回击，动不动想用枪指人，喊打喊杀，才是没良心的人。

斯炯想说的是，家里这个男人除了上山放羊，几乎什么也不会干。但她不想把这样伤人的话说出口来。她只是说，请家里的两个男人不要吵闹，我们要吃晚饭了。

这已经是1965年了。

斯炯家的晚饭还是煮面片。但这是真正的煮面片。浓稠的汤，筋道的面片，里面有肉，还和着少许的白菜叶子。一碗吃得人身上发热，两碗下肚，斯炯面色潮红，法海的光头上已布满粒粒汗珠。胆巴笑起来，说舅舅的脑袋像早上院子里的石头。斯炯也笑了，她对哥哥说，这孩子怎么想起来这么一个比方。

舅舅把侄儿揽在怀中坐下，一本正经赞叹道，想得起奇妙比喻的脑袋是不一般的脑袋！

早晨，初秋时节，那些清冷的早上，院子里光滑的石头是确实会凝结满一颗颗珠圆玉润的露水，真还像极了法海和尚头上那些亮晶晶的汗珠。

斯炯突然像个少女一样咯咯地笑起来，傻儿子，石头结露水时那么冰凉，舅舅的汗是热出来的！

法海打了一个嗝，复又赞叹道，呀，都是麦子香和油香，我身上的蘑菇和野菜味快没有了。

斯炯说，要记住是蘑菇和野菜味让我们挺过了荒年！斯炯又说，还有一只羊。

法海念一声阿弥陀佛，说，为什么人只为活着也要犯下罪过。

也是因为哥哥这句话，第二天，斯炯瞅个空就上山去了。路上，看见可以充饥的野菜，想起都是那年吴掌柜教她认识的。掌柜穿着一样一只的鞋，指给她野荠菜，说这是吃茎的叶的，指着蕨说，这是要挖出根来取粉，混合了麦面一起吃的。吴掌柜年轻时，顺着驿道吃着这些野菜逃荒到山里来。后来成了驿道上的旅店掌柜。斯炯记得，旅店前面的柜台上还摆放着些针头线脑的小杂货，柜台后还有一只酒坛子，里面泡满了从山野里采来的草药。吴掌柜常常坐在柜台后面，舀一小碗酒，滋滋溜溜地喝着，满脸红光，目光明亮。第二次逃荒到山里，就再也指望不上这样的小光景了。

斯炯已经有几年没来看过这个蘑菇圈了。

新生的灌丛把她当年频繁进入林中的踏出的小路都封住了。她费了好大的劲，才钻进了那块小小的林中空地。阳光从高大栎树的缝隙间漏下来，斑斑点点地落在地上，照亮了那些蘑菇。蘑菇圈又扩大了一些，几乎要将这块林中空地全部占领了。一对松鸡各自守着一只蘑菇，从容地啄食。斯炯钻进树丛时，它们停顿了一下，做出要奔跑起飞的姿态。

经过了饥荒年景的斯炯，见了吃东西的，不论是人还是兽，还是鸟，都心怀悲悯之情，她止住脚步，一边往后退，一边小声说，慢慢吃，慢慢吃啊，我只是来看看。两只松鸡昂着头，红色眼眶中的眼睛骨碌骨碌转动一阵，好像是寻思着明白了这个人说的话，又低头去吸食蘑菇的伞盖了。

看到蘑菇圈还在，松鸡也安好，斯炯脸上带着笑容走下山去。

就在她下山的路上，她看到一辆卡车停在村前，人们正在从车上往下卸行李。这是撤走了几年的工作组又进村来了。

这一回的工作组名叫四清工作组。

斯炯走到工作组的驻地去看热闹。看村里新的靠工作组近的人把他们的行李搬进楼里。当年，她在工作组帮忙时，村里那些不进步的人就像她现在这样，懒懒地倚在院墙上，看工作组和积极分子楼上楼下，院里院外地进进出出。她不再是当年干干净净精精神神的样子了。现在的她，脸上黯淡无光，身上的衣服有些肮脏，一双套在脚上的靴子也松松垮垮。

当年把她的名字写成斯炯的组长刘元萱还在，还是穿着前胸口袋插着只钢笔的旧军装。只是这位已经四进机村的干部，这回已经不复以前的神气了。这回指挥若定，自信满满的是一个瘦小女人。

这个瘦小女人站在那里发号施令，刘元萱和别人一起进进出出楼上楼下地搬运行李。每一次，他都经过斯炯的面前，一副不认识斯烱的样子。斯烱并不在意，她从来没有让他认出来的期待。但在第三次经过她面前的时候，他停下了步子，把左手提着的网兜掴到右手，又从右手上掴到左手。这样掴来掴去的时候，网兜里的搪瓷脸盆和搪瓷缸子搪瓷碗相互碰撞，发出丁丁当当的声响。他想说句什么话，但始终没有说出来。斯烱看到他眼睛里出现了愧疚的神情。他的鬓角上出现了稀疏的白发。斯烱觉得，心脏被一只看不见的手狠揪了一下。没等他说出话来，斯烱就转身离开了。

那时的工作组每天都跟社员一起下地劳动。那个身材瘦小的女人领着大家唱歌，休息时，又给大家读《人民日报》上的文章。这在当年，都是刘组长的事情。现在，他和社员们一起坐在地边，口里嚼着草茎，神情茫然。

很多人都说，刘组长一定是犯了什么错误了。

斯烱的想法却不一样。她想，这个人反倒可以休息一下了。不像那个女组长，把自己累得脸色蜡黄。

晚上开会，女组长讲得慷慨激昂，谁都不知道她那瘦小的身体里哪能储存那么多的能量。工作组把村里的干部都换过了一遍。晚上，或者不能下地的雨雪天，女工作组长还挨家挨户地走访。对斯烱的走访，是一个下雪天。

她脸色苍白，摇摇晃晃地出现在斯烱家的火塘边。她弯着腰，把硬壳的笔记本顶在肚子上，半天开不了口。

斯烱抱出被子来在她背后做成一个软靠，在热茶里多兑了些奶，放在她面前，斯烱说，不要忙着说话，喝点热茶。

那茶里面加了比平常多三倍的奶。

组长喝完奶，闭上眼，脸色红润了一些，说，谢谢，我好多了。

斯炯依然说，不要说话。

她又单烧了一壶不加奶的茶，里面加了两块干姜，她倒了满满一碗，看着女组长把那碗茶也喝了。斯炯说，我想你是肚子不舒服，这回肚子不痛了吧？

组长脸色柔和多了。

她掏出一块水果糖，剥掉上面的彩色玻璃纸，塞进斯炯儿子口中。看着孩子脸上浮现起幸福的表情，她问，孩子叫什么名字？

胆巴。他舅舅起的。

女组长说，我想起来了，我们工作组的人说，起这个名字的人有文化，知道历史上，呃，元朝的时候，就有一个胆巴碑。

组长打开了笔记本，神情也一下变得严肃了，胆巴的父亲是谁？

斯炯温暖的心房随着这句问话一下变凉了。她紧紧闭上了嘴巴。

也许我不该这么问，你有很多男人吗？

斯炯摇摇头，却紧闭着嘴巴。

我也相信你并没有交很多男人，那为什么不知道他父亲是谁？接下来，这个又来了精神的工作组长面对陷入沉默的斯炯说了很多话。中间，还穿插着姐妹、好姐妹、不觉悟的姐妹这种对斯炯的新称谓。组长带着因为奶茶与姜茶造成的红润表情失望地离开了。

斯炯却不明白，身为工作组长，那么多事情不管，却拼命打问一个孩子的父亲是谁。这个世界连一个孩子没有父亲这样的不幸事情都不能容许了吗？这个晚上的斯炯是多么忧郁啊！但是，那天晚上，她做了一个梦。她梦见了使她怀上胆巴的那件事，梦见了使他怀上胆巴的那个人。她醒来，浑身燥热，乳房发胀。想到自己短暂开放的青春，她不禁微笑起来。微笑的时候，眼泪滑进了嘴角，她尝到盐的味道。她想到，这个时候，屋子外面的草，石头，甚至通向村外的桥栏上，正在秋夜里凝结白霜。那也是一种盐，比盐更漂亮的盐。

她抚摸自己的脸，抚摸自己膨胀的乳房，感觉是摸到了时光凝结成的锋利硌手的盐。

工作组没有像以往一样，从村里调一个青年积极分子到组里，说是工作，其实是照顾他们的生活。像当年的斯烱一样，挨家挨户讨牛奶，蔬菜。这一回的工作组自律太严，也许是因为这个严肃的女组长，也许是因为形势更紧张了。

冬天，工作组仍然没有撤走的意思，一个大雪天，脸色蜡黄的女组长又登门了。

这时母牛已经断了奶，斯烱只给她烧了姜茶。

等她喝了茶，脸上起了红润的颜色，斯烱又把一只小陶罐煨在火边，她想煮一块猪肉给这个女组长。但她又掏出了笔记本。斯烱生气了，她说，你又要问谁是胆巴的父亲吗？我不麻烦别人也能把他养大。

组长涨红了脸，我只恨妇女姐妹如此蒙昧，任人摆布。

斯烱听不懂这句话，她说，你觉得我是可怜人，我觉得你也是个可怜人。

组长冷笑，听听，这都是什么话，是你的和尚哥哥教给你的吧。

斯烱后来挺后悔，当时怎么就把准备煨一块肉的罐子从火上撤掉了。

斯烱说，你可以问我别的问题。

组长说，有村民反映，盲流犯吴芝圃是你把他藏起来的。

他以前在这里开店十几年，不需要什么人把他藏起来。

那就是说，你跟他没有任何干系了。

我看他可怜，送了盐给他。

不止是盐吧？

他天天煮野菜和蘑菇，没有盐，也没有油，脸都绿了。我还送了一点酥油给他。

哦，还有油，酥油。

可他也帮了我，他一样一样把可以吃的野菜指给我，把一样一样可以吃的蘑菇指给我，那一年，地里颗粒无收，这救了我家人的命，也救了很多机村人的命。

等等，你说到蘑菇了。说是工作组教会了机村人吃蘑菇？说你天天挨家挨户去收牛奶。

不是天天，就是十几二十天，羊肚菌下来的时节。斯炯笑了，那可是工作组跟机村人学的。

你拿牛奶付钱吗？

有时付。

有时付是什么意思？

有时工作组每个人翻遍了衣兜，也没有一分钱。

后来还了吗？

有时还，有时也忘记了。

好，很好。再说说蘑菇的事吧。

其他蘑菇的吃法，真是工作组带给我们的。油煎蘑菇、罐头烧蘑菇、素炒蘑菇，蘑菇面片汤。说到这里，蘑菇这个词的魔力开始显现，斯炯脸上浮现出了笑容。组长那严厉的脸也松弛下来，现出了神往之情。她干枯的嘴唇嚅动着，轻声说，还有烤蘑菇。

斯烱笑了，不，不，那是机村人以前就会的。那就是以前的小孩子们，从家里带一点盐，在野外生一堆火，在蘑菇上撒点细盐，烤了，吃着玩。

不是说，以前机村人不认识蘑菇，也不懂得吃蘑菇。

哦，只是不认得那么多，也不懂得那么多的吃法。

组长问了这样一个奇怪的问题，你说吃蘑菇好还是不好。

斯烱想起前工作组对这个问题的表述，移风易俗，资源利用。于是说，好，很好。

听说你那时满山给工作组找最美味的蘑菇。

是啊，蘑菇真要分好吃和不好吃，羊肚菌、松茸、鹅蛋菌、珊瑚菌、马耳朵都是好吃的菌子。

组长冷笑起来，原来你在工作组的工作就是采菌子去了。

斯烱以为她还要问自己上民族干部学校的事情，但组长已经合上了本子站起身来。

走到院子里，组长摔倒了。她躺在地上，满脸的虚汗，但她推开了斯烱拉她的手，说，我自己能起来。

斯烱见她一时爬不起来，又不要自己拉她，便回到屋子里，取来一串干蘑菇。组长已经站起来了，正仔细地拍去身上的尘土与草屑。斯烱把那串蘑菇塞到她手上，说，弄一点肉，煮一点汤。

组长生气了，把那串蘑菇挂在斯烱脖子上。那串干巴巴的蘑菇悬挂在她胸前，像一串项链。组长冷笑，说，这串项链并不好看。

斯烱也生气了，她说，你要是好干部，就让我们这些老百姓能戴上漂亮的项链。

组长的脸更加蜡黄了，她抬起的手抖索个不停，嘴里却说不出话来。最后，一口鲜血从组长两片干涩而菲薄的嘴唇间冒了出来。斯炯被吓坏了。组长抹一把嘴，看到手上的鲜血时，身子就软下去，昏倒在了斯炯脚前。斯炯背上她，一口气跑到工作组的楼前，开始大声哭喊。然后，自己也吓晕过去了。她醒过来的时候，先看见一盏昏黄马灯在头顶摇晃。然后才看见了工作组刘副组长俯看着她。

她问，这是在哪里？

车上，去县里的医院。

斯炯说，请告诉我哥哥，带好我的儿子。告诉他我回不去了。

刘副组长握住她的手，斯炯啊，你受苦了。

斯炯挣脱了手，我有罪，我把组长气得吐血了。

刘副组长眼光转到别处。顺着他的目光，斯炯看到了女组长的苍白瘦削的脸。因为没有肉没有血色而显得特别无情的脸。

刘副组长叹口气，说，那就得看她醒来怎么说了。

斯炯更加害怕，挣扎着要起来，要从行驶的卡车上跳下去。刘副组长说，真有什么事情的话，逃跑有什么用？你能比吴芝圃跑得还远？

这一来，绝望的斯炯又晕过去了。

再次醒来，她已经躺在医院里了。不是在病房，而是在医院的走廊里。她动了动身子，床就吱吱作响。身边，穿着白大褂的人来来去去，从她床头旁的门里进进出出。她闭上眼睛，感觉有什么冰凉的东西正从手臂上进入体内，使得她手脚冰凉。她想，也许，什么时候，自己就被冻住，变成一块冰，死去了。于是，她紧紧闭上了双眼。但她真的没有再晕过去，也睡不着。而且，到了下半夜，她感到了饥饿。于是，斯烱哭了起来。

她不敢放纵自己，只是低声饮泣。因可怜自己而低声饮泣，所以，没有人听见。那时，医生护士已经不再频繁进出自己头顶旁边左拐的那个房间了。长长的走廊灯光昏黄，干净的水泥地闪闪发光。斯烱听法海哥哥描绘过灵魂去往佛国的路，就是一条长长的充满光的通道。斯烱想，这就是自己的灵魂在往佛国去了。突然，她又意识到，灵魂去往佛国时，怎么会想到自己是在灵魂往佛国去？这下，她真正清醒了。

她一下翻身从病床上起来，把扎在手背上输液的针头也扯掉了。她看见一粒血从针眼处冒出来，越来越饱满，在这粒血炸裂之前，她把手凑到嘴边，吸吮掉了。她起身走到床头边那道门前，并没有注意到有第二滴血又从针眼里冒出来。那道用红色写着 32 号的白门上有一块玻璃，当她手上的血滴在地上时，她正隔着玻璃门向里面张望。屋子里没有灯，但隐约可见里面的床上躺着一个人。

突然，屋里灯亮了。

是床上那个人伸手打开了床头上的一盏灯。

灯光照亮的是女组长的脸。这张脸，在白色的枕头和白色的床单中间，苍白，松弛，而又宁静。这情景让斯烱感动得又哭了起来。

组长抬手招她进去。

斯烱站在组长床前哭得稀里哗啦。

组长用她从来没有听到过的轻柔的声音说，斯烱，你不要害怕。

我不是害怕，你那么漂亮，又那么可怜。

组长脸上的神情又在往严厉那边变化了，斯烱赶紧辩解，我不是说你真的可怜，我的意思，我的意思是……

组长的表情又变回到可亲可怜的状态了，她笑了笑，说我明白你的意思，我的母亲也是一个佛教徒。只有佛教徒才会不知道自己可怜而去可怜别人。

斯炯低下头，捧住组长的手，哭了起来，我不该让你生气。

组长当然不承认是生气而吐了血，她说，不怪你，医生的诊断结果出来了：肺结核，营养不良，超负荷工作，在你们村染上了肺结核。她抽回手，头重新靠上了枕头，也许，上面会让我回老家去养病了。这时，她看到了斯炯手上的血，她递给斯炯一团药棉，让她摁在手背上。组长说，你回去吧，我一时半会儿不会回村里去了。

斯炯眼里流露出依依不舍的神情，不肯离开。

组长说，那你坐下吧。

斯炯就在床前的椅子上坐下了。

多少年过去了，斯炯也会在心里说，那是她这一辈子过得最美好的一个夜晚。在那几乎一切东西都是白色的病房中，组长的一张脸浮现出梦幻般的笑容，她的黑眼睛和黑头发在灯下闪闪发光。她柔声说，我不该那样说你，我知道你是要送我一串蘑菇。我知道，机村人数你最会采蘑菇，给我说说蘑菇圈是怎么回事吧。蘑菇真的在林子里站成跳舞一样的圆圈？

斯炯笑了。

斯炯说，蘑菇圈其实不是一朵朵蘑菇站成跳舞一样的圆圈。蘑菇圈其实就是很多蘑菇密密麻麻生长在一起。采了又长出来，采了又长出来，整个蘑菇季都这样生生不息。而且，斯炯说，本来以为今年采了，就没有了，结果，明年，它们又在老地方出现了。

组长笑了，是的，孢子和菌丝，永远都埋在那些腐殖土里，生生不息。

斯炯说，几年不采，它们就越来越多，圈子也越来越大，好多都跑到圈子外面去了。

斯炯又说，明年蘑菇季，我给你采最新鲜的蘑菇，你带着本子到我家来问话，我给你做最新鲜的蘑菇，牛奶煮的，酥油煎的，你想问什么话我都告诉你。

组长摇摇头，闭上眼，哑声说，医生说，我的肺都烂了，烂出了一个洞。明年你的蘑菇圈再长出蘑菇的时候，我说不定都死了。

面对如此情形，斯炯就说不出什么话来了。她就那样木呆呆地静坐在组长床前。

过了很久，组长又睁开眼睛，你放心回去吧。我不会再来打扰你了。不会再来问你那些你不想回答的问题了。

斯炯走出医院时，天正是黎明时分。柳树梢头凝着晶晶亮的霜，河面上流着嚓嚓作响的冰。

从县城回机村的路真长。她从黎明走到黄昏，灰白的路还在脚下延伸，风吹动树林，发出尖利的哨声。饿得难受时，她从溪边上取一块冰，含在嘴里。冰不能饱肚子，但那锐利的冰凉却能使她清醒一些。半夜时分，她走到村子边上，全村的狗都叫起来。她看见一个人穿着厚皮袍，站在桥头上。那个人打开手电筒，照向斯炯的脸。然后，从耀眼的光柱后面传来了一个男人的哭声。她没有听出来那是法海哥哥，因为她从来没有听过他的哭。直到他说，你要是不回来，叫我怎么能照顾阿妈和胆巴啊！

斯炯这才问，你是法海吗？

我是没有用的法海，没有你，我们一家人该怎么过活?

从昨天离家开始，斯烱已经很长时间没有吃过一点东西了。她扶着桥栏说，我走不动了，你回家去取点吃的来吧，我吃了才有力气走到家去。

法海真的就转身往家跑。

跑开一段，他又转身回来，说，我这个笨蛋，我这个笨蛋！他在妹妹身前蹲下，听妹妹舒一口长气，身子软软地靠在他背上，他才猛然起身，把妹妹背回了家里。

斯烱在哥哥背上哭了，又笑了。

斯烱记得，那天晚上，哥哥给她吃了多少东西啊！他总是搓着手说，再吃一点吧，再吃一点吧。后来，斯烱实在是一点也吃不下了，才让哥哥扶着到了儿子床边，一头栽下去，搂着儿子就睡着了。

斯烱不知道这一觉自己睡了多久。当她睁眼醒来时，她知道，自己肯定不止睡了一个晚上。她一睁眼，站在床前的儿子就跑开了，喊道，阿妈醒了，舅舅，阿妈醒了！

法海赶紧过来，告诉她，工作组长要见你，原先的那个刘组长。

斯烱梳头洗脸，完了，却坐下来喝茶。

法海很吃惊，你不去见工作组吗?

斯烱说，你想去，就替我去吧。

我去了说什么?

你想说什么就说什么。

我没有什么要说的。

那你就说，我家斯烱想离他们远一点。

法海后来真把这话对刘元萱组长说了。某天，他赶羊上山时，

二十六

恢复了工作组长身份的刘元萱出现在路口上，他说，怎么，我不是叫你转告你妹，我有事情要跟她交待吗？

法海说，我家斯烱说，你们工作组请离她远一点。

刘组长吃了一惊，我没有听错吧？她真这么说了？

佛祖在上，她真这么说了。

刘元萱重新当上组长，一改很久以来的倒霉样，重又变得像当年一样意气风发。所以，他大度地说，她是让那个女人弄害怕了，今天不来，明天会来的。

但斯烱始终没有在工作组面前出现，甚至在村中行走时，也故意不经过工作组所在的那座楼房了。

春天到来的时候，机村经历了有史以来前所未有的大旱。天上久不下雨，村里引水灌溉的溪流也干涸了。溪流干涸，是机村人闻所未闻的事情，可这不可思议的情形就是出现了。道理也简单，山上的原始森林被森林工业局的工人几乎砍伐殆尽，剩下的被一场大火烧了个精光。

那天，斯烱去泉边背水。在干旱弄得庄稼枯萎、土地冒烟的时候，这片藏在林子里，从几棵老柏树下汩汩而出的清泉使得这一小方天地湿润而清凉。斯烱把水桶放在台子上，躬身一瓢瓢把清冽的泉水舀进桶里。她动作很轻，不想弄乱了那一凼水中倒映着的树影与蓝天。她突然感到害怕，饥荒又要降临这个山村了吗？而且，这一回，不止是地里庄稼欠收，大地失去了水的滋养，野菜，特别是喜欢潮润的蘑菇也难以生长。这时的斯烱作出一个决定，她要去用水浇灌她的蘑菇圈，让蘑菇生长。

但是，第一次尝试就失败了。

从泉眼到林子中她的蘑菇圈，没有成形的路，等她满头大汗到达目的地，泉水早就从没有盖的背水桶中泼洒殆尽了。

斯炯央告木匠为她的背水桶加一个盖子。木匠惊诧地瞪大了眼睛，呀呀呀，斯炯啊！从古到今，谁见过背水桶加过盖子啊！我可不敢乱了祖传的规矩。不久，斯炯要替背水桶加盖的消息，成为一个笑话在村里迅速流传。

有些人甚至在斯炯背水回家的路上，拦住她问，斯炯不会背水了吗？斯炯会因为背水桶没有盖子，把水都泼洒到路上吗？

几天后的早上，太阳刚刚升起，天上没有一丝云彩，空气中充满了呛人的尘土味道，有人拦住斯炯又提起要给背水桶加盖子的话，以博大家一笑。这回，斯炯停下了脚步，她说，我是要给背水桶加上盖子呢，我怕有一天，水还没有背回家，就都被太阳晒干了。

那些年，人心变坏了，人们总是去取笑比自己更无助的人。所以，斯炯这样的人总是成为村人们笑话的对象。但是这一天，当斯炯说出了这句话，那些人再也发不出笑声。说完这句话，斯炯背着水走过那些可怜人，留下这些呈口舌之快的人在那里回味她这句话，想想自己的生活，为她这句话感到害怕。

时间回去十几年，不到二十年，是机村的土司时代。机村的老年人和中年人，都从那个时代生活过来，他们知道，在那个时代，如果有人像斯炯一样先是有了给水桶加盖般的荒唐新奇的想法，继而又说出有诅咒意味的话，那她就成了一个邪恶的女巫。旧时代的人和新时代的人有一样其实相当一致，就是相信现实中的灾难是因为一些灾难性的话语所造成。土司时代，斯炯会被土司派遣来的喇

嘛宣布邪祟附身，而从人间消失。今天，那些被她这话震惊的人们赶紧把情况汇报到工作组。

那一天，工作组刚收到气象局对天气咨询的复函。一、限于条件，气象局无法提供超过半个月的长程天气预报；二、可以预见到的半个月内，机村所在地区依然不会有降水。

这边正一筹莫展，村民们又报告来斯炯说的话。

当即有人拍案而起，要把这个恶毒的女人抓起来。

刚刚复任了工作组长的刘元萱这回却很冷静，他说，跟土司时代一样，宣布她是女巫，赶到河里淹死，天上就会下雨吗？

说完，他就背着手去了河边。河边就在村庄下方，在庄稼地下方二三十米的河岸下滔滔流着，但没有提灌设备，水上不到高处。刘元萱又去到机村的泉眼，也许可以用水渠把泉水引来浇灌土地。这个时候，他有点责备自己的官僚主义了。算上这一回，他已经在机村工作了五年有余，喝了那么多机村的甜泉水，却没有到泉眼处来看过一眼。进到那圈围着泉眼的柏树丛中后，地面潮湿了，空中也弥漫着水气。

刘元萱在这里碰见了斯炯。

斯炯刚刚盛满了水桶，正用东西封住没盖的桶口。她用来封闭桶口的是一张已经被水泡软的羊皮。她正用那羊皮盖住了桶口后，又用细绳紧紧地扎住，拴牢。刘元萱组长突然开口说话，吓得她惊叫一声从水桶旁跳开了。

还是刘组长伸手扶住了水桶，说，这样子水就不会被太阳晒干了？

斯炯捂住胸口，出口长气，一屁股坐在地上，不再说话。

刘组长放缓了声音，以后不要再说这种没头没脑的话。

斯炯闷在那里，勾着头一言不发。

刘组长又说，你不要害怕，那个女人不会回来了，不会再有人追着你问问题了。

斯炯突然抬头，说，都是可怜的女人，我不怕她，我喜欢她。

刘组长不高兴了，她连命保得住保不住都不知道，不管你喜不喜欢，这女人都不会再回来，我又是工作组长了。他见斯炯又不说话了，便拨弄着蒙在水桶上的羊皮，前些年缺粮，你存野菜，存蘑菇，今年天不下雨了，你老来背水，是要在家里存满水吗？

斯炯提高了嗓门，你不是爱吃各种蘑菇吗？天旱得连林子里的蘑菇都长不出来了。

刘元萱换了组长的口吻，困难总是会过去的，你要对党有信心。

这些日子，斯炯觉得自己开始在明明白白活着了，所以才能说出那种让全村人情感激荡的话。可眼下，又被这个人的话弄糊涂了，天下不下雨，跟共产党有什么关系，跟信心有什么关系？

说这种话的人真是可恨的人，但斯炯早就决定不恨什么人了。一个没有当成干部的女人，一个儿子没有父亲的女人，再要恨上什么人，那她在这个世上真就没有活路了。

刘组长又说，你也是苦出身，有什么困难可以找组织嘛。

斯炯背上了水桶，直起身，说，我不会来找你的。然后，就转上了山道。

刘组长看着她的背影消失在林中，摇摇头，释然一笑，转身便把围着泉眼下方挡着的木头挡板拔了，把那一凼水放得一干二净，为的是看清楚泉眼出水处有多大的流量。他看清楚了，不过是筷子

粗细的三四股水从石头缝中涌出。他本来打算要开一条水渠，把泉水引去浇灌庄稼，但这水量也太小了，不等流到地里，真就像斯烱说的，不等流到地里就被太阳晒干了。

这回，轮到失望至极的刘组长垂头坐在了泉眼边。

而此时的斯烱正背着水桶往山上爬。山坡陡峭难行，但她很喜欢听到背上桶里水翻腾激荡时发出的好听的声音。她一边往山上爬，一边在心里排列这个世界上好听的声音，排在第一的就是水波的激荡声。一只鸟停在树枝上叫个不停，她抬起头来，说，你的声音也是好听的声音。这几天，那只画眉鸟跟她已经很熟悉了。每天都飞到这丛柳树上来等她。她知道，转过这个柳丛，就是那群栎树包围着的蘑菇圈了。这鸟它是来等水喝的。

斯烱到了蘑菇圈中，放下了水桶，一瓢又一瓢把水洒向空中，听到水哗一声升上天，又扑簌簌降落下来，落在树叶上，落在草上，石头上，泥土上，那声音真是好听的声音。洒完水，斯烱便靠着树坐下来，怀里抱着水桶，听水渗进泥土的声音，听树叶和草贪婪吮吸的声音。她特意在桶里剩一点水，倒在八角莲那掌形的叶片中间，那只鸟就从枝头上跳下来，伸出它的尖喙去饮水。看到鸟张开尖喙，露出里面那长长的善于歌唱的舌头，她禁不住露出笑容。

那些烈日当头的干旱天气里，不管是工作组还是村干部，再要催动眼看收成无望的村民参加集体劳作成了一件非常困难的事情。

男人们偷偷潜进山林打猎，女人们采挖野菜。只有斯烱的法海哥哥还得每天把羊赶到有水有草的地方。而斯烱每天两次背水，悄悄去浇灌她的蘑菇圈。8 月的一天，斯烱刚背水到林边，她就知道，蘑菇出土了，因为那熟悉的好闻的蘑菇气息已经钻进了她的鼻腔。

那天，她浇完了水，便半跪在山坡上，把一朵一朵刚刚探头的蘑菇细心采下来，直到牵起的围裙装得满满当当。她心满意足地站在林边，看见吸饱了水分的土地，正在向她奉献，更多的蘑菇正在破土而出。那只鸟跳下枝头，啄食一朵蘑菇。斯烱对它说，鸟啊，吃吧，吃吧。

那鸟索性跳到蘑菇顶上，爪子紧抓着菌盖，头向下一口口尽情啄食。

斯烱又说，吃吧，吃吧，可不敢告诉更多的鸟啊！

鸟停下来，歪头看着斯烱，灵活的眼球骨碌碌转动。

晚上，斯烱把一朵朵蘑菇切成片，用酥油一片片煎了。香气四溢的时候，她想，这么好闻的味道，全村人一定都闻到了。饭后，本来她是想请哥哥法海帮她做一件事的，但天一黑下来，哥哥就急着要出门。他已经和村里一个和斯烱一样的女人好上了。天一黑，心就不在自己家的房子里了。

所以，天一黑，等家里破戒和尚出了门，斯烱把剩下的蘑菇兜在围裙里，带着儿子胆巴出门了。每到一家人院门前，斯烱就取几朵蘑菇放到胆巴手上，让他穿过院子放在人家门口。胆巴把蘑菇放在人家门口石阶上，再敲敲别人家的门。胆巴人小，敲门声却很响。等到人家闻声开门时，母子俩已经走到下一家人的门口了。那个夜晚，斯烱带着儿子走遍了全村。在法海天天去过夜的那一家，母子俩偷藏在墙角，看那女人衣衫不整地出来，看见门前的蘑菇，发出了惊喜的声音。母子俩还看见法海光着和尚头也出现在门口，看见蘑菇，赶紧便把那女人拉进了屋子。

胆巴摇着斯烱的手，说，我看见舅舅了，法海舅舅！

斯炯憋着笑声，已经憋得喘不上气来了。

最后，是工作组的那幢房子。

连胆巴都知道人们把天干不雨的账也算在折腾人的工作组头上，所以不肯把蘑菇送进院里。斯炯就把最后几朵蘑菇放在了院墙上面。

斯炯对儿子说，那个人爱吃这个东西。

胆巴说，我不知道你说的那个人是谁？

他说你的名字有文化。

儿子说，我也不知道什么是文化。

斯炯说，那你就住嘴吧。后来，她又说，吴掌柜教会我认野菜，工作组教会我做蘑菇。

儿子真的就不再开口，不再理会她。

斯炯第三回把采来的新鲜蘑菇悄悄送到各家门口，回来的时候，发现自己家的门口石阶上也有一样东西。那是一块新鲜的鹿肉。

接下来，门口又悄然出现了野猪肉和麂子肉。

大家都心知肚明，是谁往他们家门口送去四回蘑菇。斯炯也知道，是村里哪家会打猎的人上山打猎，偷偷送来了鹿肉野猪肉和麂子肉。在那个炖了野猪肉吃的那个晚上，斯炯对胆巴说，邻居的好，你可是要记住啊！那时，村民们几乎都知道了这些蘑菇是斯炯背水上山养出来的。吃了她用水浇灌出来的蘑菇，人们才知道她要给水桶加盖的用意了。木匠自己带了尺子上门来，斯炯啊，把你的水桶给我量量尺寸吧。

斯炯心里的怨气上来了，水桶加了盖子，就像马生了角了。

木匠说，是我说的糊涂话呀，老脑筋哪想得到会做给为蘑菇喂水的人哪！

斯炯叹口气，大叔呀，不必了，蘑菇季都过去了。

木匠说，明年还要用呀！

斯炯，好心的大叔，可不敢这么去想！明年再这样，几朵蘑菇也救不了人了！

一句话，那时，机村人在背地里都叫斯炯是养蘑菇的人。

一天晚上，斯炯家门口又出现了一块肉。斯炯没有架锅生火，而是对法海说，拿着这块肉，去看她吧。

法海脸都笑开了花，说，妹妹你都不知道她那两个孩子有多馋！

早上，法海回来，斯炯问了他一句话，你也是男人，也可以上山去打猎啊！

法海却一脸认真地说，那怎么可以，我是和尚啊！

斯炯就笑了，她心想和尚也不该要女人啊，然后，她又哭了。

日子就这么过去了。

“四清”运动还没有结束，“文化大革命”又来了。

工作组还呆在机村，却很是无所事事了。听说州里，县里，都有造反派起来斗争领导。那一阵子，工作组得不到新指示，不知道怎么开展工作了。

刘元萱组长日子难过，便披了大衣在村子里漫无目的地走动。不喜欢他的人就说，这人怎么像只找不到骨头的狗一样啊。

村子不大，他在村里带着不安四处走动时，难免要和斯炯碰见。

第一回，他说，哦哦，知不知道人们都叫你是养蘑菇的女人啊。

斯炯没有说话。

第二次碰见，正好胆巴跟着妈妈一道，刘元萱就蹲下来，孩子该上学了。但村里那个小学校的老师都进县城搞运动去了。

斯炯还是没有说话。

第三次碰见，刘元萱都瘦了一圈，他脸上露出悲戚的神情，斯炯啊，我想我该走了，这一走，这辈子怕是见不着了。

斯炯跟他错身而过时说，你还会来的，每一回你走了，都回来了。

刘元萱在她身后说，形势变了，形势变了。我赶不上趟了呀！

这一天，村里几个在外面上中学的红卫兵回来了。他们是开着卡车回来的。不止他们自己回来，他们还带来了更多的红卫兵。他们做的第一件事情就是冲进工作组那幢房子，把机村最大的当权派刘元萱揪下楼来。据说，刘元萱当时已经收拾好东西，背上背包准备下楼了。那个夜晚，村里的小广场上燃起了大堆篝火，由红卫兵开起了刘元萱的批斗大会。机村人真是恨这个刘元萱的。施肥过多使得庄稼不能成熟而造成第一次饥荒。刘元萱深深地低下头，以致纸糊的高帽子几次落在地上。说到去年天旱，又使机村陷入颗粒无收的情形时，他却抬起头来，说，这个账不能算在自己头上，天不下雨他没有办法，森林工业局砍伐光了山上的树林，使得溪流干涸的责任也不在他。这种态度使从县城来的红卫兵愤怒不已，当晚，刘元萱就被打断了一条腿和两根肋骨。

当天晚上，这群红卫兵又把刘元萱扔上卡车，呼啸而去。

这一去，就再也没有了消息。

两年后，那些意气风发的红卫兵却灰头土脸地回到了村子，回来接受贫下中农再教育，当社会主义新农村的新农民了。

其中一个改了名字叫卫东的，成了村里小学校的民办教师。

关闭了三年的小学校又敲起了钟声。胆巴和村里孩子都上学了。

胆巴第一天上学回来就拿一块木炭在家里墙壁上四处书写，毛主席万岁！他还会用据说是英语的话说这句话，朗里无乞儿卖毛！

法海对此发表评论，毛主席是大活佛。一次又一次转世，要转够一万年呢。

胆巴对舅舅大叫，我要告你！

舅舅当即吓得脸色苍白，我以后不敢乱说乱动了。

胆巴举起印了毛主席像的写字板，向毛主席保证！

法海说，我保证。

发生这事的时候，斯炯不在家。她没有去背水，也没有去看她的蘑菇圈，她是被邻居家的女人叫走了。那女人采回来很多水芹菜，怕里面混有毒草，把人吃出毛病，请她去帮忙辨认。

斯炯带着一把水芹菜回来，发现法海把胆巴灌醉了。前两天，他在放羊时，从一个树洞里掏到一个小小的野蜂巢。正是满山毛莨和金莲花盛开的季节，蜂巢里自然盛满了黄澄澄的蜂蜜。法海很珍惜这点蜂蜜。不珍惜不行啊。这时母亲已经去世两年了但他这点甜蜜，想给妹妹，想给侄儿，又想给相好的寡妇和那两个总是吃不饱的孩子。所以，他把那带蜜的蜂巢藏了两天，也不知道该拿出来给谁。

但这一回，他知道自己说了不该说的话。他想让胆巴迅速忘掉自己说过的话，只好拿出了蜂蜜，找出了家里的酒。他不喝酒，家里就斯炯有时会喝上几口。他把蜂蜜挤到碗中，又调上了酒。胆巴很快就被蜜里的酒醉倒了。

法海想，等胆巴醒来，肯定就会忘记他说过的话了。

斯烱进了家门，便闻到酒香和蜂蜜香，她盯着法海，你这个和尚，怎么喝酒了。

法海摇摇头，眼睛却看着酣睡的胆巴。

斯烱便摇晃着撕扯着哥哥的身体，你哪里像个和尚啊！

十多年后，1982 年，法海又回到了重建的宝胜寺当起了和尚。

胆巴从州里的财贸学校毕业，当了县商业局的会计。每次买了酒，买了糖果回家看妈妈，斯烱留下酒，让胆巴带上糖，去庙里看看你舅舅吧。

胆巴就去庙里看舅舅。

舅舅吃了糖，甜蜜得眼睛眯成一条缝。那时，大殿里正在诵经，鼓声咚咚，众多喇嘛的诵经声汇成一片，在那些赭红墙壁的建筑间回荡。胆巴问舅舅怎么不去参加法事。

法海用头碰碰小佛龛里的佛像，我老了，修不成个什么了。

法海其实就是在庙宇旁自己盖了两间房子，一日三餐之外，随着寺院的节奏，诵经礼佛而已。他自己都不知道自己究竟算不算寺里的正式喇嘛。不过，他的小屋洁净而光亮。他赤着脚在擦得干干净净的地板上走来走去。胆巴拿出了一本沉重的书，那是一本碑帖的拓片汇编。胆巴把沉甸甸的书打开了给舅舅看，你给我起的名字真的写在这书里呢。

然后，他把碑文用汉文一字一字念给舅舅听，师所生之地曰突甘斯旦麻，童子出家，事圣师绰理哲哇为弟子，受名胆巴。梵言胆巴，华言微妙。

舅舅就俯身下去，用碰触佛像的姿势碰触碑文。

这时，屋子里光线一暗，是寺里胖活佛和他的随从的身子堵在门口，遮断了光线。

法海赶紧起身，又用额头去碰活佛的身体。

活佛进来了，气喘吁吁地坐下，对胆巴一欠身子，官家的人来了，贫僧有失远迎啊。

胆巴笑了，舅舅替我起的名字，这个名字，七百年前就写在元朝的碑文上了，是那时帝师的名字啊！

活佛并不懂得历史学，也不懂得崇奉藏传佛教的元代宫廷中的事情，也不识得汉字，但还是对着摊在地板上的书赞叹，功德殊胜，功德殊胜啊！然后，活佛转眼示意随从开口说话。

那侍从躬躬身子，活佛请施主参观一下寺院。

胆巴心想，转眼之间，自己的称谓已从官家变成施主了。寺院的建筑都是这三四年间新修的。大殿、护法神殿、活佛寝宫、时轮金刚学院。以前的医学院和上密院还是一片废墟。参观完毕，活佛回去休息。侍从送胆巴回法海房里。胆巴说，你们一定有什么事情吧。

活佛的侍从说出了要求，希望帮寺院解决一些橡胶水管，把山泉水引到寺院里来。再建一个水泥的池子，就不用和尚们天天上山取水了。

胆巴听了，心里为难，但他没说商业局并不管橡胶水管。他只说，那我试试看能不能帮到你们。

那时，县里的各种机构已经很多了，商业局管很多东西，恰恰橡胶水管是生产资料，由物资局管，由水电局农业局管。这让胆巴这个刚刚工作不久的商业局会计就作了难。一拖两月，事情还没有眉目，让他寝食难安。

事有凑巧，一天，单位里突然骚动起来，人人都很激动，说县委县政府派了人来考察年轻干部。县里其实就来了三个人，组织部长、办公室主任和工会主席。他们占了局长办公室，一个个找人谈话。胆巴也接到通知，呆在办公室，哪里都不要去，等人来叫。从早上到中午，到下午下班，好多人都去谈过话了，却还没有人来叫他。他是晚上九点才走进局长办公室的。

别人怎么谈的，他不知道。他的谈话完全是闲聊。

主谈的是办公室主任，他把一个卷宗摊开在膝盖上，第一句话就是，你是机村的人？

是。

你叫胆巴？

我叫胆巴。

你知道吗？通常胆巴这个名字，都写成旦巴，元旦的旦，而不是胆子的胆。

是，跟我一样的名字的人都写元旦的旦。

你知道这是为什么？

我不知道，我阿妈斯烱说，是那时的工作组长让这么写的。

这个写法有来历，元代时就这么写了，元代有一个喇嘛帝师也叫这个名字你知道吗？

我知道，我专门请县文化馆的老师帮我弄了一本胆巴碑帖。

年轻人不错，学财贸的，还能读碑帖。然后，侧身问组织部长和工会主席，两位还有什么话要问吗？

两位说，刘主任你是主谈，你说。

刘主任有点激动了，他说，胆巴呀，我就是那个把你名字写成这样的工作组长。你不认识我了。

胆巴却不知怎么就语塞，不知道怎么回应这句话。

工会主席见了，说，胆巴呀，还不谢谢刘主任，名字别具一格，人也要别具一格呀！中央精神，干部要知识化年轻化，自己要有进步的心啊！

胆巴还是语塞，我听阿妈和舅舅说过工作组的事，但那时我还小，记不得了。

刘主任感叹，你那舅舅可把你阿妈斯炯害苦了。他合上卷宗，站起来拍拍胆巴的肩膀，不要紧张，有什么事情来县委找我。他还把胆巴送到走廊里，什么时候回村里，问候你阿妈斯炯。记得给我带些蘑菇来，你阿妈是机村最知道蘑菇长在哪里的人！

刘主任又把手放在胆巴肩膀上，记得有事来找我！

不几天，局里就传开消息，胆巴要提升为商业局副局长。

听了这消息，胆巴就觉得该去看望一下在机村呆过的刘主任。他先回了村子把遇到以前工作组刘组长的事说给阿妈斯炯听。

阿妈斯炯时常神情迷离。这时又显得目光游移，沉默半晌，说，这个人还记得我们山里的蘑菇味啊。

胆巴说，他要我送些蘑菇给他。

胆巴没有说自己可能会被提升副局长的传言，只说舅舅挂单的宝胜寺让他弄橡皮水管的事，说为这件事情得去求这位刘主任帮忙。

阿妈斯炯又一次眼神迷离，你舅舅，你舅舅。

胆巴早早睡了，他要起个早，把该男人干的事情都帮阿妈干了。天刚亮，他就起来，先修理了有些歪斜的院门，又把一堆柴火劈了。这时，满院子都是栎木拌子的香气。这时，阿妈斯炯从院外进来，露水打湿了靴子和袍子的下摆。她一早上山，采来了新鲜蘑菇。

一朵一朵的蘑菇上沾着新鲜的泥土、苔藓和栎树残缺的枯叶，正好在新劈开的木柴堆上一一晾开，它们散发出的香气和栎木香混在一起，满溢在整个院子。母子俩吃完早餐，蘑菇上的水气也晾干了。

阿妈斯炯对儿子说，我还是愿意你自己吃了这些蘑菇 。

阿妈，这个刘主任真的特别关心我。

阿妈斯炯想对儿子说，这个人也曾经特别关心过你阿妈，但话到嘴边，她没说出来。这么美好的一个早上，天空湛蓝，河水碧绿，儿子又要出门，她不想说那些令人不高兴的话。于是，阿妈斯炯说，好吧，我的蘑菇圈里有采不尽的蘑菇。要是你的朋友喜欢，就回来告诉我吧。

阿妈斯炯还告诉胆巴，蘑菇圈里的蘑菇越长越漂亮了。

不会吧，村里人都上山采蘑菇，没听谁说，他们的蘑菇越来越漂亮了。

阿妈斯炯说，他们没有自己的蘑菇圈。他们上山只是碰见蘑菇，而从不记住，是哪一块地方给了他们蘑菇。

胆巴把这些蘑菇送到刘主任家去，他没想到刘主任会激动，而且激动到如此程度。

蘑菇整整齐齐地装在柳条篮子里，一朵朵躺在柔软干燥的松萝里。

刘主任涨红了脸，瞧，装一只篮子都这么上心，这么漂亮，你的阿妈斯炯可不是一般的乡下老太婆！

胆巴不知如何回应，只好沉默不语。

刘主任伸手，一一抚摸那一朵朵蘑菇，哦，哦，它们的样子都跟当年一模一样啊！

然后，刘主任握着这篮蘑菇亲自下了厨房，留他一个人在客厅里喝茶。那时的胆巴，还是一个没有父亲的乡下孩子的禀赋，怀着自卑，紧张不安，捧着茶杯，不知怎么和这家的女主人以及和自己年纪相当的这家人的漂亮女儿说话。

女主人说，和老刘谈恋爱的时候，我去过你的老家。

他终于没有说出一句得体的话。他想了几句话，自己都觉得那是不得体的，他知道，一定有句得体的话，但这话就是不肯来到他的嘴边。

这时，厨房里传来热油的滋滋声，飘出来蘑菇受热后的变化了的香味。女主人说，是个老实的娃娃。

他们家的女儿知道自己是干部子女，知道自己是城里人的那种高傲的女孩。她几乎不用正眼看他。

她对她妈妈说，老爹着了什么魔啊，就为了几朵蘑菇！

她妈妈制止她，丹雅！女主人又转头对胆巴说，还是你这样的吃过苦的孩子懂事。这句话让胆巴更局促不安了。这时，女主人让他帮助把折叠桌摆放起来。这简直就是对他的赦免。胆巴手脚利索地把折叠桌打开，摆上桌面，又依次打开四只折叠椅。

刘主任炒好的菜上桌了。三个菜有两个是蘑菇。一个蘑菇炒鸡肉片，一个生煎蘑菇片。刘主任自己先伸筷子，品尝后又赞叹。吃完饭，主任把他叫进书房。里面的确有很多的书。他先取了碑贴来，给胆巴看，说，你的名字就在这上面，你的名字可是有来历的！他要胆巴自己把胆巴两个字找出来。胆巴很快就找出来了。

刘主任有些吃惊，我不知道你也懂书法。

胆巴老实告诉，自己并不懂书法，但他听过刘主任给自己取名字的故事。所以，专门找了胆巴碑帖，找到了自己的名字。他又说，我还知道阿妈斯烱的烱也是主任当年选的字，而没有用别人常用的穹或琼。

刘主任看着他，很动情的样子，说，有心就好，有心就好。我老了，要退休了，你年轻，只要有心，会有出息的。他把骄傲的女儿叫进来，说，丹雅比你小两岁，不懂事，不努力，不晓得珍惜自己的福气，以后，你要多多照顾她！

胆巴说，我哪能照顾她。

刘主任告诉他，明天，组织部就下文了，你就是县商业局的副局长了。

靠在门口的丹雅就噘嘴说，看看，送几朵蘑菇，就当副局长了。

刘主任说，这事前天县委就通过了，今天他才送蘑菇，这有什么关系吗？

胆巴有话，想等丹雅退出去才对刘主任说，但她靠在门上，用背顶着门摇晃身子，就不出去。

刘主任说，有话就说吧。

胆巴说，舅舅在的那个庙，想要些橡胶管子，把水引进寺院……

刘主任打断了他的话，你舅舅，你那个舅舅，要不是他，你阿妈斯炯也是一个体体面面的国家干部！

胆巴低下头，阿妈斯炯不怪舅舅。

好人，好人哪，谁都不怪！好人哪！回家告诉你阿妈斯炯，我一定会照顾好你！

果然，不几天，胆巴的副局长任命就下来了。是组织部长在全局职工会上宣布的。第二天，胆巴就搬了办公室，就在局长的隔壁。一个月后，他就知道这个副局长该怎么当了。两个月后，他就捎信给舅舅，让他们来县城拉橡胶管子。春节回家时，他当副局长已经四个多月了，已经不怕跟人说话，有点当官的样子了。

陪阿妈斯炯去宝胜寺看舅舅时，活佛陪着他看架好的橡胶管子如何引来了山上的泉水。舅舅就从大殿旁的水池边直接从橡胶管中接来水给他烧茶。舅舅对阿妈斯炯说，到底啊，到底啊，我们家是要出干部的。我耽误了你，可胆巴真出息了。舅舅又说，想必是那个刘组长真为他的名字挑了好字吧。

阿妈斯炯冷着脸说，我名字的字也是他挑的。

胆巴就提醒舅舅，水开了，还不下茶叶啊。

胆巴没有告诉舅舅和阿妈斯炯，这水管是他用了局里的自行车和电视机指标换来的。

那几年的商业局不是后来市场放开后的景象，什么东西有指标是一个价，没有指标是一个价钱。因为商业局管着这些紧俏商品的指标，胆巴在这个县城就成了一个人物，可以说是一个没有人不知道的人物。

当局长没两年，当初上刘主任家时对他不理不睬的丹雅也常常主动来找他了，而且，还叫他胆巴哥哥。

这时的胆巴不再是那个笨嘴拙舌的乡下孩子了。他说，我怎么当得起让你叫哥哥，不敢当，不敢当啊。

丹雅说，可是老爹让我叫的，你该不会不听他老人家的话了吧。

胆巴说，这么说来，就只好任你叫了，叫吧。你有什么吩咐？

我要买两台电视机。

两台？你一双眼睛要看两台电视？

我要出去旅游。

旅游？那时旅游在这个县城里还是一个很新鲜的词汇。

我从来没有看过大海，我想去大海。

我也没有看过。

那你就弄四台，我卖了指标，我们一起去看海！

我跟你？不行，我们又没有谈恋爱。

你想跟我谈吗？

胆巴又露出了乡下老实孩子的狗尾巴，低下头摆弄办公桌上的报表，不吭声了。

我不好看吗？

好看。

你不喜欢好看的女青年吗？

你是个不务正业的女青年。

好吧，那就还是只要两台电视机吧。

胆巴就只好写条子给丹雅两台电视机。

丹雅就和她的男朋友坐了一天长途汽车去省城，又坐了两天两夜火车去海边。那一趟旅游回来，丹雅在这个小县城里的名声就毁了。她上班的防疫站收到铁路公安通报，她和一起去海边的漂亮男朋友在火车上干了那种事情。这个消息像火焰一样飞快奔窜，使这个沉闷小城的人们兴奋起来。那种事情！而且是在火车上！怎不叫人两眼放光！而且，出了这个事，丹雅的那个男朋友就消失不见了。他当官的父亲下文将他调到省城去了。人们说，那个花花公子和丹雅是在文化宫的舞会上认识的。舞会上！才只见了两面！就一起坐火车了，在火车上干下丑事了！

那时候的胆巴和身边很多人一样，还没有见到过真正的火车。

那时，电影院里正好在放映关于火车的电影《卡桑德拉大桥》。电影院里也有漂亮男女在行进的火车上亲热的画面。胆巴在电影院看得热血贲张，人生中第一次，他被强烈的情欲控制住了。他闭上眼睛，想像着丹雅斜靠在他办公室门前说话的样子，不能自已。

自此以后，胆巴总是夜里折腾自己的身体，又因为在县城附近抓蔬菜基地建设，整天在地头做说服农民的工作，他竟日渐消瘦了。

刘主任也消瘦了。他见了胆巴便唏嘘不已。我瘦是因为丹雅，你瘦是工作太辛苦了吗？

胆巴鼓起勇气，我也是因为丹雅。

刘主任脸上露出了惊骇的表情，但他迅即镇静下来，你这个人啊，你不知道她有男朋友吗？不然她也不会在……

我知道。

刘主任脸上显露出痛苦的神情，她名声不好，和她来往，对你的政治前途不利。

不几天，刘主任叫他去家里吃晚饭。丹雅不在家。饭桌上多了一个女青年。女青年是个很持重的小学老师。胆巴明白，这是刘主任给他介绍对象。这姑娘眉眼也端正，就是没有丹雅那种魅惑的味道。饭后，胆巴和那位女老师沿着河堤散了两公里步，但他在夜里折腾自己身体时，还是魅惑万千的丹雅浮现在天花板上。

一个星期天，他回家去看望阿妈斯烱，路上，遇到防疫站设的一个关卡。邻近的草原畜群中爆发了口蹄疫，防疫站的人穿着白大褂背着喷雾器给过往车辆消毒。胆巴坐在吉普车里，一眼就从那些穿白大褂，戴大口罩的人中认出了丹雅。他一眼就看出，她也瘦了。他屏住呼吸，看着丹雅来到了他的车前，围着车子喷洒药液。他看见了她口罩上方和帽子下方那道缝隙露出的那双眼睛忧郁而空洞。他摇下车窗，哑声说，丹雅。

丹雅眼睛里的光聚集起来，认出了他。

胆巴清了清嗓子，丹雅，你瘦了。

丹雅眼里露出骄傲而倔强的神情，没有说话。

司机发动了吉普车，胆巴说，我对刘主任说了。

他恨我不争气。

我对他说，我爱上你了。

丹雅被震住了，站在原地表情漠然。

胆巴又重复了一次，我对你爸爸说，我爱上你了。

车开动了。他看到丹雅眼里泛起了泪光。他对丹雅摇手，来看我吧。他没想到的是，当天下午，他正在家里修理院门，一边跟阿妈斯烱说话，丹雅就出现了。

阿妈斯烱拉住丹雅的手，说，我好像三辈子前就见过你了。

胆巴脱下手套，对丹雅说，进家里喝点热茶吧。

丹雅的身子软软地靠在了胆巴身上。阿妈斯烱手忙脚乱，往茶里添了太多的奶。胆巴就对阿妈斯烱说，也许丹雅想尝点新鲜蘑菇呢。

阿妈斯炯便提上柳条筐上山去了。

屋子里静下来，火塘里劈柴上的火苗发出微风吹拂一样的声音。丹雅把头靠在了胆巴的肩上。胆巴一动不动，仿佛天地间有一种巨大的重量全然落下来，把他整个人罩住，使他动弹不得，使他不能抚摸，也不能亲吻身边这个美丽的女青年。

然后，丹雅开始哭泣。

胆巴依然一动不动。

丹雅开始说话，你知道那件事情了？

胆巴点点头。

一回来，全部人都讨厌我，全部人都躲着我。

胆巴想说，我没有躲着你，但他的嘴唇被自己突然变得黏稠的唾沫给黏住了。

你说，我碍着别人什么了。丹雅坐直了身子，她的愤怒开始喷发，我自己的身体，我自己的情感，碍着别人什么了？！

丹雅说到身体的时候，胆巴的身体也开始燃烧起来，他把丹雅揽进怀里，紧紧拥抱。开始丹雅也回应给他热烈的拥抱，但当他的手伸向她胸口的时候，丹雅坚决地推开了他，正色说，你以为我是个可以随便的人吗？

胆巴说，我爱你。

说说你怎么爱我的。

胆巴是老实人，他说，看电影的时候我就爱上你了。我天天晚上都想你。

电影，有火车的电影？《卡桑德拉大桥》？

胆巴点头。

一个耳光落在了他的脸上，你怎么想像的？在火车上，脱掉我的裤子，还是撩起我的裙子？

胆巴捂住脸，是，我每天晚上都想跟你做爱，在火车上，在飞机上，在船上。要知道，那时候的胆巴除了在电影里，还没有真正见到过这三种交通工具。他说，是你的事情让我情不自禁地这么想。

丹雅流着泪冲出了房子，往村外去了。胆巴想追，紧走几步，怕村里人笑话自己，只好吩咐司机追上她，送她回县城。

阿妈斯炯采了蘑菇回来，却不见了客人，我以为你有女人了，带回来给阿妈看看。

胆巴突然觉得很悲伤，我爱她，她看不上我。

阿妈斯炯用新鲜酥油在平底锅里煎蘑菇片给他吃，满屋子满口都是山野中草与树与泥土复杂的芳香。

那时，胆巴一个月挣七十多块钱，每次回家，他都拿个十元二十元给阿妈斯炯。阿妈斯炯告诉他，这些蘑菇拿到六公里外的汽车站上，有些旅客愿意买上两斤三斤，每斤能卖五毛钱。阿妈斯炯说，你不用给我钱了，告诉你吧，我已经有了三个蘑菇圈，今年已经卖了一百多块钱了。

照例，他又带了一柳条篮子的蘑菇给刘主任家。他一进门，丹雅就起身，回到自己房中，呯一声把门关上。刘主任坚持要他去请前次那个女青年来家里吃饭，胆巴推说有大堆财务报表要审，借故离开了。刘主任又急急追到楼下，告诉他，那个小学老师回了话，愿意跟他继续接触。

胆巴对刘主任说，我已经爱上别的人了。

刘主任问，谁？

胆巴说，你的女儿丹雅。

刘主任脸色发白，定在那里，像被雷电击中了一般，你怎么可以？怎么可以……

胆巴想，如此栽培自己的刘主任原来心里瞧不上自己。走在路上，他想，自己再也不会登这一家人的门了。但到了晚上，他青春的身体燃烧起欲望时，那个在黑暗中飘在天花板上的风情万种的形象仍然是丹雅。

有事没事，胆巴都故意在丹雅单位附近的街道上出没，偶尔碰见，丹雅依然对他视而不见。丹雅对他不理不睬。但他依然不能自已，对着那个被周围人刻意孤立的身影充满同情与欲望。

再后来，丹雅身边出现了一个新的漂亮男青年，胆巴心痛一阵，便慢慢恢复了平静。他还是偶尔送点蘑菇给刘主任，但不再去他们家里了。

第二年，阿妈斯炯的蘑菇在那个汽车站卖了两百多元。阿妈斯炯进城来。晚上，阿妈斯炯睡在儿子床上。胆巴睡在钢丝床上。阿妈斯炯说，等到存够一千块钱的时候，她就把钱给他结婚用。胆巴心里算了算，笑着说，那我还得等上三四年啊！

阿妈斯炯也笑，说，我看你自己也不着急嘛。

胆巴没有告诉阿妈斯炯，这段时间，他操心的事情是能不能当上商业局长。他说，我不着急，我等阿妈存够一千块钱。他还告诉阿妈斯炯，下次送蘑菇来，得是三只柳条篮子。

阿妈斯炯心痛了，那我一年要少存几十块钱了。

阿妈斯炯又把这话转述给法海老和尚听。法海老和尚劝妹妹，侄儿是干大事的人，你心痛几篮子蘑菇干什么?！因为胆巴又帮寺院批了几公斤金粉给寺庙大殿的黄铜顶镀金，又弄了十几公斤白银指标打造舍利塔，法海在庙里的地位大大地提高，早年的一个熬茶和尚，差不多是非正式的厨房总管了，长得也有点脑满肠肥的意思了。

阿妈斯炯两年里送了几篮子蘑菇，胆巴就当上了商业局长。

毫无预兆，蘑菇值大钱的时代，人们为蘑菇疯狂的时代就到来了。

不是所有蘑菇都值钱了，而是阿妈斯炯蘑菇圈里长出的那种蘑菇。它们有了一个新名字，松茸。当其他不值钱的蘑菇都还笼统叫做蘑菇的时候，叫做松茸的这种蘑菇一下子就值了大钱。去年，阿妈斯炯在离村子六公里的汽车站上还只卖五毛钱一斤。这一年，一公斤松茸的价钱一下子就上涨到了三四十块。

阿妈斯炯说，佛祖在上，那是多少个五毛钱呀！

胆巴说，是六十个到八十个五毛钱！

阿妈斯炯冷静下来，没有那么多。是三十到四十个五毛钱！公斤，公斤，你晓得吗？一公斤是两个一斤。

是的，公斤这个新的度量衡单位是随着松茸这种蘑菇的新名字一起降临的。出松茸的季节，在机村一带的山里，随海拔高度的不同，有些地方是在夏天的末尾，有些地方是秋天的开始。让人感到奇怪的是，那些收购蘑菇的商人，他们并没有见过长在山里的松茸，却总是准时出现在每个刚刚长出头一茬松茸的地方。他们开着皮卡车，来到一个村子，打开后车门，推出一台秤来，生意就开张了。那秤不是提在手里滑动秤砣在杆上数星星的杆秤，而是台秤。台秤像是一架真正的仪器。机器的轮廓，钢铁的质感，亮闪闪的表面，称出来的东西的重量都以公斤计算。阿妈斯烱发现，这些商人算账不用算盘，他们用电子计算器。只要按动那些标上了数字与符号的小小按键，一些数字便幽灵一样，在浅灰色的屏幕上跳荡。

一切真是前所未有啊！

三十二朵蘑菇就卖了四百多块钱！

阿妈斯烱真是眉开眼笑。那天，她就坐在村头核桃树的阴凉下，守着商人的摊子，看倾巢出动的山里人奔向山林，去寻找那种得了新名字叫做松茸的蘑菇。阿妈斯烱是一早上山的，现在太阳升起来，慢慢晒干了她被晨间露水打湿的长袍的下摆。脱在一边的靴子也晒干了。这时，有人陆续从山上下来。有人是一二十朵，更多是三朵五朵。

松茸商人就问阿妈斯烱为什么独独是她的蘑菇又多又好。

阿妈斯烱还没张口，就有村里人争着回答，工作组早就教她认识这些蘑菇了！

马上有人出来辩驳，不对，是跳河的吴掌柜！

还有人喊，他儿子是商业局长。

阿妈斯烱就笑了起来。她听得出来，这些话里暗含着些嫉妒的意思。阿妈斯烱心里涌起她与蘑菇的种种故事，心里一时五味杂陈，但她还是喜欢的，喜欢以这样的方式受到众人关注。

这时，一片乌云瞬间就布满了天空，虽然夏天已到了尾声，但还是继续要带来雷阵雨，她站身来，拍拍袍子上的草屑准备回家，但她刚走出几步，随着隆隆的雷声，硕大的雨滴就噼里啪啦砸了下来。阿妈斯烱又跑回到核桃树下。满世界都是雨声，都是雨水和尘土混合的味道。起初这味道有些呛人，但很快，尘土味便消失了，雨水中混合的是整片土地，所有石头，所有草木被激发出来的清新浓郁的味道了。

阿妈斯烱兴奋得两眼放光，因为聚在树下躲雨的人群中，只有她一个人知道，在山上，栎树林中和栎树林边，那些吸饱了雨水的肥沃森林黑土下，蘑菇们在蘑菇圈开始吱吱有声地欢快生长。这不是想象，阿妈斯烱曾经在雨中的森林里，在她的蘑菇圈中亲眼见识过蘑菇破土而出的情景。夏天，雷阵雨来得猛去得也快。雨脚还没有收尽，蘑菇们就开始破土而出了。这里一只，那里一只，真是争先恐后啊！

雨慢慢停了，太阳复又破空而出，村庄上空出现了一弯鲜明的彩虹。人们开始四散开去。

那个蘑菇商人来到阿妈斯烱跟前，问她，大妈，他们说的事情是真的吗？

阿妈斯烱说，没有人叫我大妈，他们都叫我阿妈斯烱。

那么，阿妈斯烱，他们说的事是真的吗？

阿妈斯烱笑了，你问他们说的哪一件事？

他们说你的儿子是商业局长。

阿妈斯烱却说，这时山上又长出了好多蘑菇呢！

不会吧，百十号人刚把林子扫荡了一遍。

阿妈斯烱说，那你在这等着我。

说完，阿妈斯烱真的又上山去了。

那个商人抽了一根烟，在这个不大的村子走了一圈，回来坐在车里小睡一会儿，再抽一支烟，又在这个村子里转了一圈。回来，见又被露水湿了衣裳和靴子的阿妈斯烱已站在皮卡车跟前了。

这一回，阿妈斯烱带回来五十三朵蘑菇。其中四十八朵是她从最早的蘑菇圈和后来相继发现的三个蘑菇圈里采来的，剩下几朵则是偶然的零星的遇见。遇见零星的那几朵时，阿妈斯烱还嘀咕来着，你们怎么像是没有家的孩子呢，可怜见的！

看着那些可爱的菌盔紧致，菌柄修长的新蘑菇，那个商人想起了一个成语，雨后春笋，他说，嚯，雨后松茸！

阿妈斯烱当然不知道这个成语，她只说，这会儿，山上又长出好大一群了。

这时已是夕阳衔山时分，雨后色彩鲜明的森林影调开始变得深沉，松茸商人说，可惜他不能再等了。现在，他要连夜驱车五百公里到省城，明天早上，这些松茸就会坐最早的一班飞机飞到北京，再转飞日本，到明天这个时候，这些蘑菇就出现在东京的餐桌上了。

商人说，在那里考究的晚餐桌上，每人也就吃到两片松茸，一片生吃，一片漂在汤里。商人说，要是日本人不吃，这东西哪里会值到这样的价钱。

围观的机村人就都说日本日本。也有人埋怨，这些日本人为什么不早点吃这东西？

商人便讲了一大通道理。他说了改革开放，说了信息交流，还说了交通建设。他说，要是没有好的公路，没有飞机，不能二十四小时内把松茸送上异国的餐桌，日本人钱再多，也没有这个口福。超过二十四小时，娇嫩的松茸就失去了鲜脆的口感，时间再长一点，它们就烂在路上了。

三

那一年，机村以及周围的村庄，都因为松茸而疯狂了。

早上，天刚破晓，启明星刚刚升上东方天际，最早醒来的鸟刚刚开始在巢中啼叫，人们就已经起身去往林中，寻找松茸了。不到一个月，林中就已趟出了一条条小道。阿妈斯炯不会凑这个热闹，她也不用天天上山。她只是在人们都下山了，才起身上山。看到人们在林中踩出一条条小路，她就有些心疼，因为那些踩得板结的地方，再也不会长出蘑菇来了。蘑菇不是植物，不会开花，不会结出种子。但在她想象中，蘑菇也是有某种看不见的种子的，以人眼看不见的方式四处飘荡，那些枯枝败叶下的松软的森林黑土，正是这些种子落地生根的地方。

阿妈斯炯继续往城里送蘑菇。还是在柳条篮子中铺了松软的跟蘑菇散发着差不多是同样气味的苔藓。一朵朵菌柄修长的松茸整齐地排列。阿妈斯炯对胆巴提出一个问题，松茸的种子是什么样子呢？

胆巴无从回答这个问题。

胆巴说他会去图书馆查找资料，肯定会从书上得到答案。

下个星期，阿妈斯炯再去县城送蘑菇，胆巴告诉她，蘑菇都是有种子的，只是蘑菇的种子不叫做种子，而叫孢子。

孢子是个什么鬼东西？

胆巴打开总是揣在身上的会议记录本，上面有他从图书馆抄来的关于孢子的定义。孢子，就是脱离亲本后能直接或间接发育成新个体的生殖细胞。

阿妈斯炯叹息，胆巴，你现在说的都是我不懂的话。

胆巴合上本子，老实说，这些科学我也不太懂。

阿妈斯炯自己做了总结，反正就是说，蘑菇是有种子的，不然，它们怎么一茬又一茬从地里长出来呢？

说话时，胆巴把篮子里的蘑菇分成了四份。分装在四个塑料泡沫模压的盒子里，他要将这些蘑菇分送给四个人家。即将退休的刘主任、县委书记、县长、组织部长。阿妈斯炯有些不高兴了，你要送给什么人我不管，但你不尝一点阿妈斯炯亲手采来的蘑菇吗？

胆巴说，我不操心我没有新鲜蘑菇吃，阿妈斯炯现在有了一个新名字了？

嚯，那个老太婆她有新名字了？

她有一个越来越多人知道的新名字了，这个名字叫做蘑菇圈大妈。他们说，别的人找到的，都是迷路的孩子，蘑菇圈大妈找到的才是开会的蘑菇。

阿妈斯炯就拍着腿笑了，开会的蘑菇！说得好！如今不像当年，村长招呼开会，再也聚不起那么多人了。

晚上，阿妈斯炯睡在儿子的大床上，路灯光透过窗帘的缝隙落在枕边，她还在想，开会的蘑菇。

胆巴送了那些蘑菇回来了，在阿妈床边打开钢丝床睡下来，阿妈斯炯禁不住笑出声来。

胆巴问她为什么还没有睡着。

阿妈斯炯干脆大笑起来，开会的蘑菇！

第二天早晨，胆巴送阿妈斯炯到汽车站，迎面碰见了舅舅法海和尚。法海舅舅老了，躬腰驼背，步履蹒跚，看见妹妹和侄儿却满脸放光。

胆巴赶紧把舅舅和跟着他的寺院管家请到街边店里吃早餐。早餐是这个县城的标配，一份牛杂汤，一屉牛肉芹菜馅的包子。每次，舅舅和寺院管家一起出现，就是来提要求，要他帮忙办事。他说，有什么事，说了我还要开会。管家却不着急，掏出一方毛巾擦去和尚头上的汗水，庙里的喇嘛们都常常为您这位大施主祈福呢。

胆巴说，我算什么施主，没有上过一份香火钱。

管家就把这些年他帮过的忙细数一遍，这才是有大功德的施主啊！

胆巴说，你们找到我，不帮也不行啊！

管家便示意法海和尚说话。

法海舅舅便两眼放光，我侄儿有本事，我脸上有光，有光啊！说着，他脸上也放起光来了。

胆巴开口道，就说这回是什么事吧。

管家说，这回是政府鼓励的事，我们要保护寺院四周的山林。胆巴知道，这些年，内地开放了木材市场，收购木材的游商游走山里，村民们便提斧上山，把过去森林工业局大规模采伐后的有用之材再清理一遍，盗伐的情形一年重于一年。管家说，寺院愿意组织僧人，保护寺院四周的山林，想要求得政府的支持。

胆巴笑了，说，这真是好事，便带了两个穿袈裟的老者去见林业局长。

局长听了管家的想法，立即表示支持，当即叫了办公室主任和一位科长来，命他们立即起草一份文件，宝胜寺后山、前山均划为封山育林保护区，宝胜寺僧人组成的巡山队有权把盗伐林木者扭送公安机关。

林业局长说，和尚喇嘛愿意保护自然生态，这是新生事物，我支持新生事物。两个和尚得了文件欢喜而去。

林业局长这才对胆巴说，封山育林的牌子一插，那两座山上的松茸就全归了寺庙，老百姓就不敢染指了。

胆巴说，我怎么没想到这一处来！

林业局长说，我都五十多岁了，看人看事，见不光明处就多了，你年轻，大有前途，有时候，把人事看得简单些反倒是好的。

过些日子，舅舅法海生了病，胆巴便去庙里看望。

胆巴真实的想法，是要看看寺院如何封山。寺院真的在这为松茸激越的季节封了山。他们不但插上了林业局发放的封山育林的牌子，还把年轻体壮的僧侣组成了巡山队，每人一截长棍，把守住每一条上山的小径。除了寺院附近的村民，其他人不准上山。而且，这些村民采来的松茸，都统一销售给寺院，再由寺院转售给松茸游商。寺院在村民那里压价两成，又在出售时加价一成，靠他帮忙得来的封山令又多了一个生财之道。

所以，寺院专门派了细心的小喇嘛侍奉法海和尚这个地位低下的熬茶和尚。

这些年交往下来，胆巴跟寺院的活佛说话已经很随便了。这天，见了活佛他就说，活佛你可以当董事长了。

活佛不以为忤，几百号人呢，没有管理不行，管理不好也不行，没有生财的办法不行，生财的办法少了还是不行。

胆巴不得不承认，这倒也是实话。

活佛收敛了脸上的笑容，我还有一句实话，你舅舅怕是过不了这个冬天了。

胆巴沉默，一时想不起来该说什么样的话。

活佛说，我要加派一个和尚去侍候他。

胆巴说，我还是接他去医院吧。

活佛道，命数已定，又何必到医院延宕时日呢。

回到家，胆巴把活佛的话转述给阿妈斯烔。阿妈斯烔深深叹息，那些年月，我本指望家里靠他这个男人来撑着，可他却反要我来照顾。洛卓。阿妈斯烔说，洛卓，你舅舅就是我的洛卓。洛卓这个词，翻成汉语就是宿债。这是按佛教的观点。按佛教的观点，阿妈斯烔这个妹妹和法海哥哥这样的关系，就是因为她的前世欠下了法海前世的债务。这笔债务可能是金钱的，更可能是道德的或情感的。

阿妈斯烔在佛前添了一盏灯，湿了一回眼睛，便平静下来了。

她用额头贴着胆巴的额头，胆巴，我跟你没有洛卓，不然不会让我这么省心。可是，你还欠我的。

胆巴紧贴着阿妈斯烔的额头，我不忍心你一个人住在乡下，搬进城里来和儿子一起吧。

我不能抛下那些蘑菇圈，现在它们那么值钱！阿妈斯烔笑了，再说了，你那么小的房子，要是来一个喜欢你的姑娘，我还能睡在你的床上吗？

这一年下第三场雪的时候，法海这个曾做了好多年机村牧羊人的熬茶和尚走完了他这一生的轮回。

胆巴是事后才得知这个消息的，那是春节回家的时候，阿妈斯烔才告诉他，舅舅已经走了。他走得安详又干净。

安详是指法海临终没有什么痛苦。干净是说，天葬时，他的躯壳都被神鹰打扫干净，作了最后的供养。

那天晚上，胆巴也在佛前给舅舅点了一盏灯。

阿妈斯烱突然发话，你舅舅那样一辈子有意思吗？

胆巴很吃惊，阿妈斯烱会问出这样的话。他说，对相信轮回的人是有意思的吧。

阿妈斯烱接下来的话把她自己也吓着了，要是没有轮回这件事呢？她赶紧说罪过，罪过，一定是魔鬼把我的舌头控制了。

胆巴笑起来，给阿妈斯烱斟一碗加了油和糖的青稞酒，来吧，阿妈。

阿妈斯烱喝下一口酒，突然间眉开眼笑，说，是啊，这就是这一世的人生的味道。

那时，屋子外面开始下雪了。冬天干燥的空气中立时就充满了滋润的干净的水的芬芳。雪还使在风中发出声音的树与草、与尘土都安静下来。

这是一个令人安定满意的新年。阿妈斯烱说，这才是人该有的新年，可她居然活到老了，才得到了这样一个新年。她愿意这个世界上的所有人，一直都有这样的新年。

可是，第二年的新年，整个村子都陷入到悲哀的气氛中。因为两个年轻人盗伐了一卡车林木，一个年轻人被警察抓住，一个年轻人开着载重卡车逃跑，最终撞上山崖而丢掉了性命。

第三年的新年，他们家来了一个躲债的年轻人。

这个年轻人不甘心只是把采来的松茸卖给那些收购松茸的商人，他自己收购松茸，结果在村里收了一车价值数万元的松茸却在路上遇到泥石流，结果这些松茸没有乘飞机到达日本，而是眼睁睁地烂在车里，变成了一堆爬满蛆虫的臭烘烘的烂泥。他那些松茸都是从村子里赊来的，这个晚上，村民们都上他家讨债，胆巴见状，

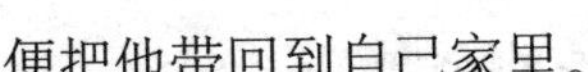

便把他带回到自己家里。

第四年，胆巴当上了副县长，还有了女朋友，但他回到家却长吁短叹，因为让他分管的商业系统在新形势下已经难以为继。照道理，市场开放搞活，一直在商业局工作的人应该更会做生意才是，可是，这些人偏偏不会，几乎在所有的方面，都在和那些个体商户的竞争中败下阵来。最后，商业局下属的百货公司，都分成一个一个柜台分租给那些雄心勃勃的个体户了。

第五年新年，是阿妈斯炯不开心，因为她失去了一个蘑菇圈。松茸季节里，她被两个同村人跟踪了。每一次，他们都赶在她的前面采走了新生的松茸。后来，他们和村里的其他人一样，只要松茸商人一出现，就迫不及待地奔上山去，他们都等不及松茸自然生长了。他们采走了她的蘑菇使她心疼，更让她心疼的是，当他们等不及蘑菇自然生长时，便和村里其他人一样，提着六个铁齿的钉耙上山，扒开那些松软的腐殖土，使得那些还没有完全长成的蘑菇显露出来，阿妈斯炯赶上山去时，他们已经带着几十朵小蘑菇下山去了。新年的晚上，阿妈斯炯心疼地对胆巴说，人心成什么样了，人心都成什么样了呀！那些小蘑菇还像是个没有长成脑袋和四肢的胎儿呀！它们连菌柄和菌伞都没有分开，还只是一个混沌的小疙瘩呀！阿妈斯炯哭了，她说，记得吗？你说书上说蘑菇的种子叫孢子，我看到那些孢子了！

阿妈斯炯的确在栎树树中看到了蘑菇圈被六齿钉耙翻掘后的暴行现场，好些白色的菌丝——可以长成蘑菇的孢子的聚合体被从湿土下翻掘到地表，迅速枯萎，或者腐烂，那都是死亡，只是方式不同而已。枯萎的变成黑色被风吹走，腐烂的，变成几滴浊水，渗入泥土。那都是令人心寒与怖畏的人心变坏的直观画面。

那一年，胆巴心里萌生一个想法，在村子里成立一个松茸合作社。一来，集体议价，可以防止游商压级压价；二来，订立保护资源的乡规民约共同遵守。

县长和书记都支持他的想法。

县长说，你的老家机村盛产松茸，也是资源破坏严重的地方，就在那里搞个试点。

那一年，胆巴在五一节结了婚。

不是当年刘主任介绍的那个姑娘。这个姑娘是胆巴自己在文化宫的舞会上认识的。姑娘的父亲就是县里的副县长。那次舞会上，那个姑娘说，我知道你就要成为我父亲的同事了。一次，他到县里开完这位副县长召集的协调会。散会时，他都走到门口了，副县长发话，胆巴局长请留一下。

副县长端详了他半天，说，我想问你一句不该问的话。

胆巴不言语，等他发话。

副县长说，听说你是一个私生子？

胆巴很平静，说，阿妈斯炯没有告诉过我父亲是谁。

副县长手指轻叩着桌面，说，美中不足，美中不足。好了，我告诉你吧，我家姑娘看上你了。

胆巴便想起了舞会上那个眼光明亮的姑娘。

副县长又说，好吧，你们可以交往交往，不过，你要记住，我们可是规矩人家！

他就开始了和副县长叫做娥玛的女儿的交往。娥玛是组织部的一般干部。第三次见面，就坦率地告诉胆巴，她父亲说，要么自己努力进步，要么找一个进步快的丈夫。她怀着柔情说，我是一个女人，我愿意选择后者。

胆巴很吃惊。吃惊于这个姑娘能将这功利的坦率与似水柔情如此奇妙地集于一身。交往日久，拥吻，缠绵，彼此探索身体时，娥玛对着他的耳朵呢喃，你说我能不能把你脑子里别的女人赶走。

胆巴说，已经只有你了。

娥玛吹气如兰，说，那么，那个你刘叔叔家的丹雅呢。

胆巴很吃惊，你怎么知道我想过她。

娥玛说，她那样的女人，没有女人的男人都想过她。

胆巴便继续向娥玛的身体进攻。到了最关键的环节，娥玛从床上起来，理好衣服，先生，这一步必须等到我确定你是我丈夫那一刻。

胆巴有些尴尬，也有些气恼，你守身如玉，却又这么懂得男人。

娥玛回答，你以为必须跟男人上床才能懂得男人吗？

松茸季降临之前，胆巴结婚了。

已经从县政协退休的刘主任来参加了简单的婚礼。丹雅也来了。刘主任端着酒杯，上来说的却不是祝贺的话，他说，我退休了，闲不住，也想弄弄松茸的生意，我是老机村了，就在机村搞个收购点。

胆巴知道，并不是他想做什么松茸生意，是想做这个生意的丹雅在背后怂恿。胆巴只好告诉他，县里马上要在机村搞个松茸合作社，这样有利于保护资源，并防止恶性竞争。

刘主任当然不高兴，说，你不必在这个时候如此答复我。

胆巴心里当然很过意不去。接下来，他在机村亲自抓的松茸合作社试点失败了。

村中老人对他说，合作社，我们都当过合作社的社员，小子，你还想让我们再饿肚子吗？回家问问你阿妈斯烱，她是怎么成为蘑菇圈大妈的吧。

胆巴还是坚持召集全体村民开了一个会，说明此合作社不是彼合作社。有人假装听懂了，说，好啊，阿妈斯烱的蘑菇圈里的松茸就是我们大家的了。全村平分松茸的钱。

阿妈斯烱可不客气，那你们偷砍树木的钱，做生意挣的大钱都要大家来平分了。

胆巴在村里呆了三天，一户一户地说服，也没有什么结果。

这件事情也就黄了。书记和县长都是老干部，见此情形并不为怪，好多事情不是我们想不到，而是确实做不成啊！胆巴这话也是为他们很多半途而废的事情开脱的吧。

胆巴在心里把合作社的事情放下了，带着新媳妇娥玛回家来。阿妈斯烱拿出一套花了将近十万块钱买来的珠宝送给儿媳。阿妈斯烱说，你要看好胆巴，他是个傻瓜，只不过是个善良的傻瓜。是的，是的，我也是个傻瓜，但也不会傻到把钱白分给大家。

娥玛换下一身短打，穿上藏装，戴上阿妈斯烱用松茸钱置办的红珊瑚与黄蜜蜡，脸上的喜气和珠宝相映生辉。

阿妈斯烱因此抹了眼泪，说，这座房子，从来没有这样亮堂过啊！

她温了加了酥油的青稞酒，悄声对娥玛说，就在这座房子里，就在今天晚上，你给我怀一个孙子吧。

那天晚上，临睡时，阿妈斯炯亲手给儿子和媳妇铺了床褥，自己却不睡觉，坐在院子里，身边放了一壶酒，在大月亮下摇晃着身子歌唱。半夜醒来，胆巴听见阿妈斯炯在院中歌唱，正要起身下床，却被娥玛缠住，阿妈可是给了我一个大任务。

胆巴复又倒在床上，老太婆跟你嘀咕什么来着。

老人家要我和你今晚给她造个孙子。

胆巴笑了，不是一直造着的吗？

那就再造一次吧。

那个晚上，他们给阿妈斯炯造孙子真是造得轰轰烈烈。

启明星刚刚升上天际，阿妈斯炯轻手轻脚上了楼，扒开了火，用陶罐煨了块上好的藏香猪肉，然后，上山去了。林子里飘着雾气，阿妈斯炯第三次停下来，倾听后面有没有脚步声，确信身后什么都没有时，她钻进了林子，这时，雾气散开不少，她看到蘑菇圈中已经新出土了十几朵蘑菇，但她并不急于采摘。

阿妈斯炯拂去一些栎树潮湿的枯叶，一块石头在她手下显现。她在这块石头上坐下来，她脸上洋溢着幸福的神情，用甜蜜的声音说，我不着急。她静静地坐下来，袍子的颜色接近栎树树干的颜色，也很接近林下地面的颜色。只有一张脸洋溢着特别的光彩。那光彩使得有轻雾飘荡的，光线黯淡的林中也明亮起来。

她坐下来，听见雾气凝聚成的露珠在树叶上汇聚，滴落。她听见身边某处，泥土在悄然开裂，那是地下的蘑菇在成长，在用力往上，用娇嫩的躯体顶开地表。那是奇妙的一刻。

几片叠在一起的枯叶渐渐分开，叶隙中间，露出了一朵松茸褐色中夹带着白色裂纹的尖顶，那只尖顶渐渐升高，像是下面埋伏有一个人，戴着头盔正在向外面探头探脸。就在一只鸟停止鸣叫，又一只鸟开始啼鸣的间隙之间，那朵松茸就升上了地面。如果依然比做一个人，那朵松茸的菌伞像一只头盔完全遮住了下面的脸，略微弯曲的菌柄则像是一个支撑起四处张望的脑袋的颈项。

就这样，一朵又一朵松茸依次在阿妈斯炯周围升上了地面。

她看到了新的生命的诞生与成长。

她只从其中采摘了最漂亮的几朵，就起身下山了。

她在平底锅中化开了酥油，用小火煎新鲜蘑菇片的时候，她听到儿子和媳妇起床了。听到媳妇娇媚的说话时，阿妈斯炯真的眉开眼笑了。当他们按城里人的方式完成繁琐的洗漱时，蘑菇也煎好了。她在卧房中换好被露水打湿的衣服时，胆巴和他的新媳妇正吃得眉开眼笑。她看见媳妇把松茸片夹进儿子口中，阿妈斯炯幸福得脸上露出了难过的表情。他们身上还散发着男欢女爱过后留下的味道。

胆巴对妻子说，瞧瞧，阿妈斯炯为你打扮得像过节一样！

媳妇扶着阿妈斯炯坐到小炕桌前，从陶罐中盛了汤，双手奉上。

阿妈斯炯哭了，她咧着的嘴却没有出声，滚烫的泪水哗哗流淌。媳妇也红了眼圈说，胆巴告诉过我，阿妈吃过的苦，阿妈受过的委屈。

阿妈斯炯又笑了，我不是难过，我是幸福。离开干部学校那一天，我就没有指望过，还能过上今天这样的好日子。

胆巴告诉我，宝胜寺恢复那一年，法海舅舅带胆巴去寺院做小和尚，是你连夜走了几十里路把他抢回来的。

哦，那个往生的死鬼！

三

媳妇小心翼翼挑拣着词汇，你，你，不好的，不顺利的命运都是……

哦，不，胆巴的法海舅舅，他自己就算不得一个真和尚。一个熬茶和尚算什么真和尚？一个有过女人的和尚算什么真和尚？我儿倒能做一个真和尚，但我舍不得他。不说往生的人了。我喜欢你们像现在这样。昨夜，你们俩一起睡在这老房子里，我喜欢得坐在院子里一夜没睡，希望你们已经种下一个好命的新生命了。

阿妈斯炯还指了指窗口上的那一方青山，说，等有了孙子，我的蘑菇圈换来的钱，才能派上用场。

回城的路上，新婚夫妇回味阿妈斯炯那些话，娥玛倚在胆巴肩上，又哭了一场。她说，我因为什么样的福气，得了这么一个善心的妈妈。

第二年蘑菇季到来前，阿妈斯炯得了一个孙女。

孙女长得像胆巴。大眼睛，高鼻子，紧凑的身板。

阿妈斯炯让胆巴带着她到银行专开了一个存折。上面写了孙女的名字，一个蘑菇季下来，她居然往里面存了两万块钱。

又过些年，松茸的价格涨涨跌跌，但到孙女上小学的时候，存折里已经有了十万块钱。

那时，前工作组长刘元萱已经退休多年了。丹雅也结过两次婚了。后一次离婚时，她索性办了留职停薪的手续，用从后一任做木材商人的丈夫那里分得的钱做本，自己做起了蘑菇商人。

蘑菇生意并不像早年一手钱一手货收进来卖出去那么简单。这个时候的蘑菇生意已经公司化了。那些互为竞争对手的公司小小合作一下，就能把一个游商的发财梦给破了。

丹雅也遭受了这样的命运，那笔离婚得来的钱，随着收上来却出不了手的松茸一起消失了。据说，在一家贸易公司门口，看着腐烂的松茸变成臭哄哄的黑色黏液从车厢缝隙里渗出来，丹雅在那里吐了个天昏地暗，吐尽了她胃里的食物和胃酸，还有眼泪，以及对以往过错的种种悔恨。

从此以后，她成为了另外一个人。即便是她终于取得生意上的成功时，依然没有变回从前那个丹雅。

据说，她在父母家里躺了好几天。第五天，丹雅起了床，宣布说我要从零开始。

退休后无职无权的刘元萱问她，从零开始，你这个零在什么地方。

丹雅承认自己也不知道这个零在什么地方。但她说，你提携过的胆巴都当副县长了，你得让他帮帮我。

刘元萱说，你要找谁帮忙我管不着，惟独不能找他！

丹雅冷笑，当年胆巴追我，你也说这话！不然，我现在是副县长夫人了！

这是一个晴朗的早晨，太阳光斜斜地从东窗上照进来，落在沙发前的地板上。刘元萱受了刺激，脸孔涨得通红，从沙发上站起来，然后就摇摇晃晃地倒下了。他倒在了那方阳光里，张大的眼睛里光芒渐渐涣散。他听见丹雅在打电话叫救护车。他一直在说，用不着了，用不着了。但丹雅没有听见他这些话，只见到一些无意义的白沫从他嘴角溢出来。直到听见了救护车声，丹雅才俯身下来，听见从那些越积越多的光沫中冒出来的微弱的声音。丹雅听到了她父亲最后的那句话，胆巴是你的哥哥，你的亲哥哥。

急救中心的医生冲进屋内，摸摸前工作组长刘元萱的脖子，听听他的心脏，再用小电筒照照他的瞳孔。然后，记下了他的死亡时间。丹雅跌坐在沙发上，欲哭无泪。看着早晨的阳光离开了地面，照到墙边的矮柜上。看到父亲没有了生命的躯体躺在了担架上，蒙上了白布，离开了这个居住了十多年的单元房，上了救护车，往医院的停尸间去了。

在殡仪馆的送别仪式上，县里领导都来了。胆巴也在其中。这时，他已经是常务副县长了。他走到丹雅面前，也像别的领导一样要跟她握手，但是丹雅一下就靠在了他的肩头上哭了起来。这时，还有刻薄的嘴巴悄悄议论，要是当年就嫁给胆巴，她今天就不会这么伤心了。

此情此景，胆巴有些尴尬，说，刘叔叔走了，我也很心伤。

丹雅对他说，爸爸最后留了一句话，他当年不让你追我，因为他也是你的爸爸。

晚上，胆巴眼前浮现出躺在棺材里穿了西服，涂了口红的那张灰白色的脸，心里有种空洞的悲哀。那是一个颇为抽象与空洞的父亲的概念引发的悲哀。娥玛说，好了，我知道刘叔叔对你好，但人都是要走的。

胆巴犹豫半天，还是把丹雅的话告诉了娥玛。

娥玛说，这不会是真的！

娥玛又说，这事情也可能是真的。

我怎么可能知道她的话是真的。

回去问阿妈斯烱。

这种事我怎么问得出口！

那也得问清楚了。

这么多年不清楚不也过来了。

娥玛很老道地说，不是死去的人的问题，是活着的人的问题。

活人的问题?!

是啊，就是你追求过的丹雅。如果阿妈斯炯说不是，那你就躲着她远远的，不必再去理她。如果是，那就是另一回事，她再不争气，也是你妹妹啊！

蘑菇季到来了，阿妈斯炯捎了信来，叫两口子带着孙女去看她。如今，一天天老去的阿妈斯炯不怎么肯出门了。于是，两口子便在一个星期天带了女儿去看乡下奶奶。

路上，娥玛对胆巴说，我们把孩子奶奶接进城里来住吧。

胆巴心思不在这上头，你自己对她说。

机村离县城不远不近，五十多公里，过去，路不好，就显得离县城远。现在，漂亮的柏油路面，中间画着区隔来往车道的飘逸的黄线，靠着河岸的一边，还建起金属护栏，疯狂了十多年的林木盗伐也似乎真的被遏止住了，峡谷中水碧山青。胆巴两口子，因为阿妈斯炯的蘑菇圈，不必存钱为女儿准备学费，率先买了十多万的富康车，办私事时，都不用公车，这在群众中为这位副县长加分不少。别人的乡下母亲都是一个负担，他们的乡下母亲，却每年都为他们攒几万块钱。

娥玛便常常赞叹，胆巴，你怎么有这么好的一个妈妈。

胆巴叹息，我的苦命的妈妈。

有时，娥玛便摇晃着阿妈斯炯的肩头，阿妈斯炯，胆巴是什么

命，有你这么好个妈妈。

阿妈斯烱叹息之余，又眉开眼笑，可能我上辈子也欠了他的洛卓，这辈子来还。

胆巴说，阿妈斯烱以前你只说，你欠了往生的舅舅的洛卓！

孙女问，什么是洛卓？

阿妈斯烱说，洛卓是前世没还清的债。我欠你死鬼舅爷的是坏洛卓，欠你爸爸的是好洛卓。

胆巴说，要真是如此的话，这辈子我又欠下阿妈斯烱的洛卓了！

那你下辈子还当我儿子吧。

胆巴一句话涌到嘴边，突然意识不对，又咽了回去。不想，这句话倒被阿妈斯烱说了出来，下辈子我得给你个父亲。

胆巴便说，刘元萱死了。

谁？

当年的刘组长。

阿妈斯烱又挺直了腰背，沉默了一会儿，说，胆巴，这个人就是你父亲。

胆巴说，临死前，他自己也告诉丹雅了。

胆巴以为阿妈斯烱又会说洛卓，会把这一切都归结于宿命和债务。但阿妈斯烱没有这样说。她说的是，这下我不用再因为世上另一个人而不自在了。

这句话出来，娥玛的眼睛就湿了。

胆巴不敢直看阿妈斯烱的眼睛，他看到的是比村子里其他人家整洁的屋子。火塘边擦得锃亮的铜壶，壁橱上整齐排列的瓷器。电视机的屏幕也擦得干干净净。看着看着，胆巴的眼睛也湿了。他第一次以一个男人的视角去想这个女人。她怎样莫名其妙失去了干部身份。她怎样遇到一个本该保护她却需要她去保护的兄长。她怎么独自把一个儿子拉扯成人。她怎样知道儿子的父亲就在身边而隐忍不发。现在，这个人死了，她也只说，这下我不用再因为世上另一个人的存在而不自在了。

娥玛把头靠在阿妈斯炯的肩头上，阿妈斯炯去城里跟我们在一起吧。

阿妈斯炯挺直了的腰背松下来，她说，也许吧，也许吧，可是，我怎么离得开这座房子，还有山上的蘑菇圈。这句话是一个引子，为了引出后面要说的一大段话。她说，这个世界上的很多人，生命是从生下来那一天就开始的。可我的生命是从重新回到机村的那一天开始的。她说，我回来的那一天是个好天气，风吹动着刚刚出土不久的青翠的麦苗，村里人那时还是合作社的社员，他们正在地里锄草。他们都直起腰来看穿着干部衣服的斯炯穿过被风一波波拂动的麦田，走过村里。她说，我在他们的注视下，惟一可以做到的就是不让自己哭出来，不让自己倒下去。知道吗，在工作队里，在干部学校，我学过多少比天还大的道理啊！但是，那些道理都帮不了我。那些道理不能告诉我，为什么法海和尚每天都听见我在山里叫他，他就是忍心不出来。那里我头一回想起那个字眼，洛卓——宿债。我回到家里，一头倒在床上，睡过去了。是胆巴让我醒来的，他动了肚子里那个小家伙动了。那是胆巴头一次动弹。说到这里，阿妈斯炯对已经四十多岁的儿子伸出手，过来，儿子，过来。胆巴挪动到阿妈斯炯身边。阿妈斯炯伸手揽住了他的脑袋，抱在自己怀中，那时，我就知道，我就是把法海和尚找下山，带回村里，也不能回到干部学校了。我知道，如果我不说出孩子的父亲是谁，那也不能继续穿着好看的干部服了。哦，我在干部学校的皮箱里还有一套崭新的干部服一次都没穿过呢。

年已四十多岁的胆巴鼻子发酸，在阿妈斯烔怀中说出了该在他童年少年时代的艰难时刻就说出的话，我爱你，阿妈，你有没有觉得我也是一个洛卓，一个宿债？

不，不，阿妈斯烔猛烈摇头，你在我肚子里的时候，我还没见过你，那时，我只能想，这是我的又一份宿债。真的，我只能那么想。让我怀上你的男人，还有干部学校，都是专讲大道理的，但我知道我肚子里有了一个人的时候，我只知道，我又走上我母亲的道路了，她带到这个世界上两个没有父亲的孩子。我只能想，这是我的一份宿债。我的宿债让我犯了这些不该犯的错。我不该让一个有妻子的男人在我身上播种，我不该跑到山上去寻找一个该由警察去寻找的和尚。

一生中第一次，胆巴靠在母亲怀中流下泪来。

好孩子，你哭吧。从知道有了你那一天，我就告诉自己我要坚强，我也一直告诉一天天长大的你，要坚强。现在，你哭吧。

娥玛也挪过身子，靠在阿妈斯烔怀中，哭了起来。

阿妈斯烔亲吻媳妇的脸，尝到了她潸然而下的泪水的味道。她说，知道吗，我生胆巴的那一夜，他法海舅舅吓坏了，跑到羊圈里和他的羊群呆在一起。我把胆巴生下来，我把他抱到床上，自己吃了东西，和他睡在一起。我看见他睁开眼睛看了一眼妈妈。那时，我就知道，我的生命开始了，我不能再犯一个错了。不管我有没有欠别人的宿债，我也不会再犯一次错误了。我那些话不是对神佛，对菩萨说的，我是对自己说的。现在我知道，我那些话是对的。我的儿子长大了，给我带回来这么好的媳妇，这么漂亮的孙女。

阿妈斯炯突然转了话头，我死后，这座房子就没人住了，就会一天天塌掉吗？

胆巴说，等我退休了，就回来住在这里。

阿妈斯炯高兴起来，她笑了，我还要把蘑菇圈交给你，我要让我的蘑菇圈认识我的亲儿子。

那天晚饭，阿妈斯炯喝了酒。酒使她更加高兴起来。她突然兀自笑起来，对儿媳妇说，你知道吗？那年胆巴带了刘元萱的女儿来过这座房子。我想，雷要劈树了，当哥哥的想娶妹妹了。我对自己说，上天真要把我变成一个听天由命的老太婆，让我死去时都不能甘心吗？

胆巴说，哦，阿妈斯炯，我那时只是可怜她。那么多人讨厌她，我就想要可怜她。他没有说，他青春的肉体也曾热烈渴望那种人们传说中的放荡风情。

阿妈斯炯挥挥手，阻止胆巴再说下去。她说，我能把蘑菇圈放心地交给你吗？

胆巴说，我不会用耙子去把那些还没长成的蘑菇都耙出来，以致把菌丝床都破坏了。

是啊，那些贪心的人用耙子毁掉了我一个蘑菇圈。

我也不会上山去盗伐林木，让蘑菇圈失去荫凉，让雨水冲走了蘑菇生长的肥沃黑土。

是啊，那些盗伐林木的人毁掉了我第二个蘑菇圈。我担心的不是这个，我担心你的合作社。阿妈斯炯对娥玛说，你知道他想搞一个蘑菇合作社吗？

我知道，那时我刚刚认识他。

你不能让他搞这个蘑菇合作社。

胆巴想说什么，但阿妈斯烱阻止了他。我要你听我说，我不要你现在说话。我知道你的合作社不是以前的合作社。可是，你以为你把我的蘑菇圈献出来人们就会被感动，就会阻止人心的贪婪？不会了。今天就是有人死在大家面前，他们也不会感动的。或者，他们小小感动一下，明天早上起来，就又忘记得干干净净了！人心变好，至少我这辈子是看不到了。也许那一天会到来，但肯定不是现在。我只要我的蘑菇圈留下来，留一个种，等到将来，它们的儿子孙子，又能漫山遍野。

胆巴告诉阿妈斯烱，如今，政府有了新的办法来保护环境，城镇化。这也是真的，胆巴副县长正主抓的工作之一，就是把那些偏僻的和生态严重恶化的村庄的人们往新建的城镇集中。把那些被砍光了树的地方还给树。把那些将被采光蘑菇的地方还给蘑菇去生长。

阿妈斯烱说，我老了，我不想知道你说的这些事。我一辈子都没有弄懂过这个世界上的许多事，我只要你看护好我最后的蘑菇圈。

又过两年。胆巴升职了，他去邻县当了县长。他离家远了，五百公里外，任职的那个县和家乡县中间还隔着一个县。隔一段时间，他都要接母亲来住一段时间。每回，阿妈斯烱都住不长。冬天，她说，天哪，再不回去，这么大的雪要把我院子的栅栏压坏了。春天，她说，再不回去，那些荨麻会长满院子，封住我家门了。更不要说松茸季快到的秋天，天哪，我想它们了。孙女问，奶奶的它们是谁？阿妈斯烱说，奶奶的它们是那些蘑菇，它们高高兴兴长出来，可不想烂在泥巴里，把自己也变成泥巴。

胆巴县长只好派车送她回去。

2013 年，胆巴再次升职，这回是另一个自治州的副州长了。这回，中间隔了五个县，一千多公里了。阿妈斯烱说，天哪，你非得隔我越来越远吗？胆巴说，不是我隔你越来越远，是世界变小了。阿妈斯烱说，哦，那不是越来越拥挤了吗？阿妈斯烱问孙女，就是因为这个缘故，你才要嚷嚷着要去美国念书吗？哦，你去吧，一个老太婆怎么拦得住这个变小的世界啊。孙女说，我就是想看这个世界有多大！

阿妈斯烱说，哦，你爸爸可不是这样说的，他说这个世界变小了。

孙女说，爸爸骗你的，世界很大。

哦，他总是胡说什么世界变小了。哦，这一次他没有骗我，我知道，人在变大，只是变大的人不知道该如何放置自己的手脚，怎么对付自己变大的胃口罢了。只是，我跟不上趟，我还要活在自己的世界里。说完这些话，阿妈斯烱起身回家。

是的，这是 2013 年，气势浩大的夏天将要过去，风已经开始变得凉爽，这是说，初秋，也就是一年一度热闹的松茸季又要来到了。

离村口远远的，阿妈斯烱就下了车，提着她的柳条篮子往村里走。她不想让村里人看见她是坐着官车回来的。她过了桥，手扶着桥上的栏杆时，摸到了温暖的阳光。她走过村里的麦田。现在的麦子不是当年的麦子。这些麦子都是新推广的良种，植株低矮，穗子饱满沉重。没有风。她身上宽大的袍子和手里篮子碰到了那些深深下垂的饱满麦穗，窸窣作响。

在村口的核桃树下，她小坐一阵，她仰脸对着蓝色的深空说，天哪，我爱这个村子。

还没走到家门口，她就闻到了阵阵浓烈的青草的味道。

她熟悉这种味道。那是很久很久以前，没有公路以前的年代，她还是小姑娘的年代。村子里还有驿道穿过，村东头还有条小街和几家店铺的年代。她在吴掌柜家帮佣，替来往的马帮准备饲草。镰刀下的青草散发出来的就是这种味道。还有就是机村那个饥荒年，人们收割没有结穗的麦草时的味道。现在，鼻腔里充满的这种味道让她停下脚步，身子倚在院墙边，阿妈斯炯对自己说，我是不是要死了。

她听见一个声音说，还不到时候呢。

她说，那我怎么闻见了以前的味道。

阿妈斯炯推开院门，见到的是村子里两个野小子，现在却弯腰在她的院子中，挥动镰刀刈除她不在的这一个多月院子里长满的荒草。牛耳大黄、荨麻和苦艾。就是那些被割倒的草，在阳光下散发出强烈的味道。

这两个野小子几次跟踪她，想发现她的蘑菇圈，这会儿，他们直起腰来对着她傻笑。

阿妈斯炯说，坏小子，你们就是替我盖一座房子，我也不会带你们去想去的地方。

这时自己家的楼上有人叫她，阿妈斯炯！是我，我来看你来了！

恍若是当年工作队在时的情形，从楼上窗口，露出一张白花花的脸。上楼的时候，阿妈斯炯嘀咕说，哪有来探望人的人先进了家门！她的头刚升上楼梯口，便手扶栏杆停下来，要看看是谁如此自作主张。那个人已经在屋里生起了火，此时正背着光站在窗口，让阿妈斯炯看不清脸。阿妈斯炯说，主人不在，得是我们家的鬼，才能随便进出这所房子呢。

那人迎上来，说，阿妈斯炯，我们正是一家人啊。

这回，阿妈斯炯看清了，这是个女人。一个松松垮垮的身子，一张紧绷绷亮铮铮的脸，你是谁？

你记不得我了，我跟胆巴哥哥来过你家，我是丹雅！

阿妈斯炯不知道自己脾气为何这般不好，她听见自己没好气地说，哦，那时你可是没把他当成哥哥。

丹雅笑起来，是啊，那时我爸爸都吓坏了。

阿妈斯炯坐下来，口气仍然很冲，这回，你是为我的蘑菇圈来的吧。

丹雅摇摇手，有很多人为了蘑菇圈找你吗？

没有很多人，可来找我的，都是想打蘑菇圈的主意！

丹雅说，我要跟你老人家说说我自己，我不是以前那个男人们白天厌恶，晚上又想得不行的女人了，我现在是自己公司的董事长和总经理。

阿妈斯炯说，哦，我大概知道总经理是干什么的，可董事长是个什么东西？

董事长专门管总经理。

阿妈斯炯笑了，姑娘，你自己管自己？好啊，好啊，女人就得自己管好自己，不是吗？

得了，阿妈斯炯，你老人家就不能对我好一点吗？我是你儿子的亲妹妹！也许你恨我们的爸爸，可他已经死了。

阿妈斯烱沉默，继之以一声叹息，可怜的人，我们都会死的。

你要死了，蘑菇圈怎么办？我知道你会怎么说，交给胆巴照顾。他照顾不了你的蘑菇圈，他的官会越当越大，他会忘记你的蘑菇圈。

阿妈斯烱像被人击中了要害，一时说不出话来。

丹雅说，阿妈斯烱，你知道什么最刺激男人吗？哦，你是个大好人，大好人永远不懂得男人，他们年轻时爱女人，以后爱的就是当官了。你的儿子，我的胆巴哥哥也是一样。

阿妈斯烱生气了，那就让它们在山上吧。以前，我们不认识它们，不懂得拿它们换钱的时候，它们不就是自己好好在山林里的吗？

我的公司正在做一件事情，以后，它们就不光是在山林里自生自灭，我要把它们像庄稼一样种在地里。

丹雅带着阿妈斯烱坐了几十公里车去参观她的食用菌养殖基地。塑料大棚里满是木头架子。木头架子上整齐排列的塑料袋装满了土，还有各种肥料。工人在那些塑料袋上用木签扎孔，把菌种，也就是广口玻璃瓶中的灰色菌丝用新的木签扎进袋子里。

阿妈斯烱说，丹雅，你的孢子颜色好丑啊！

孢子？什么是孢子？

阿妈斯烱带一点厌恶的表情，指着她的菌种瓶，就是这个东西。

这是菌种！我亲哥的妈妈！

孢子，总经理姑娘，它们的名字就是孢子。我的蘑菇圈里，这些孢子雪一样的白，多么洁净啊。

好了，你说看起来干净就行了。

洁净不是干净，洁净比干净还干净。

你真是一个自以为是的老太太。

我都要死的人，还不能自以为是一下？

丹雅说，阿妈斯烱我喜欢你。

哦，可你还没有让我喜欢上你。

在另一个塑料大棚中，阿妈斯烱看到了那些木头架子上的蘑菇。那是一簇一簇的金针菇。看上去，白里微微透着黄，真是漂亮。

可阿妈斯烱并不买账。她说，蘑菇怎么会长成这种奇怪的样子。没有打开时，像一个戴着帽子的小男孩，打开了，像一个打着雨伞的小姑娘，那才是蘑菇的样子。

丹雅带阿妈斯烱到另一个长满香菇的架子跟前，它们像是蘑菇的样子了吧。

哦，腿这么短的小伙子，是不会被姑娘看上的。

封闭的大棚里又热又闷，阿妈斯烱说，好蘑菇怎么能长在这样的鬼地方，我要透不过气来了。

丹雅扶着阿妈斯烱来到大棚外面。棚子外面，一条溪流在柳树丛中欢唱奔流。阿妈斯烱在溪边洗了一把脸。又上车回机村。那天晚上，丹雅就住在了阿妈斯烱家。晚上，丹雅问阿妈斯烱恨不恨爸爸。阿妈斯烱摇头，恨一个死人是罪过。

我是说他活着的时候。

阿妈斯烱犹疑一阵，说，要是恨他，我自己就活不成了。

那你爱过他吗？

阿妈斯烱一点都不犹豫，没有。

那天夜晚，同一个屋顶下的两个女人都没有睡好。早上，丹雅起床的时候，火塘边壶里的茶开着，却没有人。她洗漱化妆，在一面小镜子中端详自己的时候，阿妈斯烱上楼来了。她说，昨晚我梦见新鲜蘑菇长出来了。上山去，它们真的长出来了。阿妈斯烱打开一张驴蹄草翠绿的叶子，露出来这一年最早出土的两朵松茸。修长的柄，头盔样还没有打开的伞。顶上沾着几丝苔藓，脚上沾着一点泥土。

瞧瞧，它们多么漂亮！阿妈斯烱打开这些叶片，亮出她的宝贝时，神情庄重，姿势有点夸张。

丹雅说，知道吗，阿妈斯烱你这样有点像电影里的外国老太婆。

阿妈斯烱听得出来她语含讥讽。她说，我看过电影，看到过有点装腔作势的外国老太婆，姑娘，那是一个人的体面。

几只蘑菇如何让一个人变得体面？

姑娘，不要笑话人。一个人可以自己软弱，看错人，做错事，这没什么，神佛会饶恕，因为犯错的人自己咽下了苦果。可是一个人要是笑话人，轻贱人，那是真正的罪过。乡下老太婆也不全是你电视里看到的那种哭哭啼啼，悲苦无告的样子！

丹雅被这几句话震住了，她脸上挂着难堪的笑容，说，真像电影里的人在说话，那些外国老太婆。

中国老太婆就不会说人话？哦，姑娘，你真像是那该死的工作组长，自以为是，目中无人。我看到那个该死的人把这些不好的东西都传到了你身上了。

这句话把丹雅震住了。她无话可说，打开化妆盒往脸上刷粉，她停不下手，以至于脸上再也挂不住，都洒落在她衣服前襟和暴露的胸脯上了。

阿妈斯烱开始做早餐，她调上面糊，把新鲜蘑菇切成片，搅和在里面，然后，在化了新鲜酥油的平底锅里滋滋摊开。她说，这是孙女和她一起研究出来的食谱。对，她还是你的亲侄女呢。你的亲侄女说，这叫机村披萨。

我的亲侄女，机村披萨？

别往脸上涂那些东西了。灰尘能遮住什么？风一吹，雨一淋，什么都露出来了，坐下来吃饭吧。

丹雅坐下来，和阿妈斯烱一样细嚼慢咽。然后，她发出了由衷的赞叹。

这一次，丹雅在阿妈斯烱家呆了三天。她没有谈生意上的事情，就是吃各种做法的松茸以及种种不那么值钱的蘑菇。

2014 年，新的蘑菇季到来的时候，村里的道路拓宽了，还新铺了硬化的水泥路面。这使得丹雅可以一直把小汽车开到阿妈斯烱院子门口。这回，丹雅还带来了胆巴的继任者，新任的县长。

新县长说，我终于见到声名远扬的蘑菇圈大妈了。

丹雅说，阿妈斯烱，我对县长说过你的机村披萨是如何美味了。

县长说，不知道我有没有这个口福。

阿妈斯烱不知道自己为什么会心里不痛快，她说，这回是不行了，今年雨水少，新鲜蘑菇要迟到了。

丹雅说，我们看到村里已经在收购松茸了。

阿妈斯烱说，那是别人的，着急的人会把没长成的松茸从土里刨出来，反正今年我的松茸是迟到了。

丹雅对县长说，县政府该下个文件，命令蘑菇不准迟到。

县长站起身，既然来了，就四处去看看，看看县政府的文件里该写些什么？

丹雅和新县长下了楼，阿妈斯烱站在窗口，看见院子里已经聚了好多人，这些人是乡政府的干部，和村里的干部。一群人跟在县长和丹雅后面，出了院子，穿过村子，上山去了。这些人一直在半山上逛来逛去，中午到了也没有下山。只有丹雅和村干部下山来了。村干部弄了午饭送上山去。丹雅就在阿妈斯烱家休息。她穿着硬梆梆的皮鞋，在山上走得把脚磨破皮了。

阿妈斯烱问丹雅，她弄这么一干人到山上去干什么。

丹雅说，他们来找你的蘑菇圈。

阿妈斯烱弄不准她是认真的，还是只是一句玩笑话。但她心想，我的蘑菇，谁也找不见。她说，我知道，你们就是不肯死心，还要弄那个该死的合作社。

丹雅笑了，你的亲儿子都搞不成的事，我还敢想？我不搞什么合作社，我不搞什么公司加农户，这都是些小打小闹的小生意，我要做的是大生意，大事情。

你真的不是来打我那些蘑菇主意的。

阿妈斯烱啊，你说说，你那些蘑菇一年能挣几个钱？

几个钱？两万多块是几个钱？

阿妈斯烱啊，如今我要挣的是一百个两万，我想挣的是一千个两万。

我们这山上哪有你想要的那么多钱。

丹雅很得意，真正的大钱都不是一样一样买东西挣来的。会挣的，不挣那种辛苦钱。如今发大财的，都不是挣辛苦钱的人。阿妈斯烱，时代不同了！

阿妈斯烱说，时代不同了，时代不同了，从你那个死鬼父亲带着工作组算起，没有一个新来的人不说这句话。可我没觉得到底有什么不同了。

丹雅列举种种新事物，从公路到电话，到电视机，到汽车，到松茸和羊肚菌都能卖到以前百倍的价钱，她说，你真的没有看到这些变化吗？

我只想问你，变魔法一样变出这么多新东西，谁能把人变好了？阿妈斯炯说，谁能把人变好，那才是时代真的变了。

丹雅说，这样的时代真的要到来了。电脑，你知道吗，电脑。

阿妈斯炯说，我孙女，那么漂亮的女孩子，先是到别人菜园子里偷菜，后来干脆在上面杀人！

这么跟你说吧，将来把缩小的电脑装在人脑子里，叫他做什么他就做什么，叫他想什么他就想什么！

阿妈斯炯笑起来，你的话有点像那些自诩法力无边的喇嘛了！

那么，还是说说你的蘑菇圈吧。

对了，这才是你，说到底还是在打我蘑菇圈的主意了。

我不要你的蘑菇圈，我要做的这件事，有时需要借用一下你的蘑菇圈。阿妈斯炯，容我把话说完。我只是借你的蘑菇圈用一下，不要你一朵蘑菇。

借用？一个搬不动的蘑菇圈，怎么借用？

我现在还不能告诉你。今年我还用不上。或许，明年我就用得上了。也许，到你死的时候，我还用不上呢。这只是我的一个创意，一个想法。

阿妈斯炯松了口气，那就等我老太婆死了以后吧。

丹雅说，你真想死的话，死前我们娘俩得签个协议，你死后，我有蘑菇圈的使用权。

阿妈斯烱说，你们连死人都不肯放过啊！

丹雅说，听胆巴说，你给孙女存了一笔钱，可以告诉我有多少吗？

我不告诉你，反正够她上大学了。

我猜猜，你自己说了，你的蘑菇圈一年能挣两万多块钱，现在有二十万？三十万？你的孙女也是我的侄女，我的亲侄女。她想的是到外国上大学，美国、英国、法国，都是最先进的国家。阿妈斯烱啊，你那点钱，要是在外国，交一年的学费就花光了！你知道在外国念大学要多少年?!

阿妈斯烱说，我不知道。

如果读到博士，要十年！

那她年轻的时候，除了读书，什么都不干？

这时，县长一行从山上下来，丹雅便不想再跟阿妈斯烱交谈，要去迎县长了。临走，丹雅还对阿妈斯烱说，想想我说的话。

阿妈斯烱生气了，我不准你打我蘑菇圈的主意。

丹雅也拉下脸来，你的蘑菇圈？阿妈斯烱，山是你的吗？那是国家的。国家真要，你拦得住吗？

这句话弄得阿妈斯烱忧心忡忡。

整个蘑菇季，丹雅没有再出现，国家也没有来宣布这座山的权属。但村子里已经在传说，机村山上盛产松茸的栎树林将要被圈起来。圈起来干什么？机村人当然记得，多年前，宝胜寺在胆巴的帮助下，把寺院后山圈起来，封山育林，寺院靠这个垄断了山上的松茸资源。其实，丹雅的公司要做的是一个机村人和其他人都不太懂的项目。这个项目叫做野生松茸资源保护与人工培植综合体。这些字明明白白写在丹雅公司送给县政府的策划书上。但人们都说不好这个复杂的新词句，自然也无从讨论这件事情。这好比一个人不在场，人们又弄不清她的名字，那么，人们怎么可能聚在一起议论一个人呢？

再者说，这件事情在2014年并未付诸行动。因为这个综合体还只是丹雅公司弄出来的一个策划案。这个方案要得到政府的审批，审批后更需要申请国家农业口的扶持资金，以及银行贷款。这个综合体项目的实施，就算是一切顺利，也要等到2015年或者2016年。或者，永远也不会实现。松茸的人工培植，在世界范围内都还没有实现。在丹雅的设计中，她是要把这个阿妈斯炯的蘑菇圈圈在她的综合体内。2015年或2016年，她就要带着政府和银行的官员来参观正在生长野生松茸的蘑菇圈。那时，她要当场宣布，丹雅公司已经成功地在野外条件下人工培植松茸，等到技术成熟稳定后，就要进行面对市场的批量化生产。

那时，丹雅公司就不愁筹不到大笔的资金，等这些资金到手，她就可以垄断区域性的松茸市场，不但如此，她还可以把用不完的钱投到更赚钱的生意上面。

阿妈斯炯，以至全机村没人能弄得懂这么复杂的生意经，所以，蘑菇季到来的时候，他们还是按照惯常的方式争先恐后上山采松茸，同时看到政府干部和丹雅公司的人在山上勘测，用仪器测量，划线打桩。

要是把这些标了一个个号码的木桩用铁丝连接起来，几乎把机村能生松茸的地方都包括在内了。

机村人开玩笑说，阿妈斯烱啊，这个蘑菇圈可比你的蘑菇圈大多了！

阿妈斯烱说，我年纪大了，要真满山都种满了松茸，我也就不用上山了。

你上不动山的时候，会把你的蘑菇圈告诉我们吗？

阿妈斯烱坚决摇头，不，等你们把所有蘑菇都糟蹋完了，我的蘑菇圈就是给这座山留下的种。

乡亲们不便反驳，因为他们知道，再这样下去，再过些年，也许满山就只剩下阿妈斯烱的蘑菇圈里还有松茸在生长了。

他们自己解嘲说，我们不操这个心，也许没有了松茸的时候，这山上又有什么别的东西值钱了呢？

阿妈斯烱摇手，那就祈祷老天爷不要让我活到那一天。

蘑菇季快结束的时候，阿妈斯烱拿起手机，她想要给胆巴打个电话。

她要告诉儿子，自己腿不行了，明年不能再上山到自己的蘑菇圈跟前去了。

她发现，这一回，跟她年轻时处于绝望的情境中的情形大不相同。心里有些悲伤，但不全是悲伤。心里有些空洞，却又不全是空洞。

两个小时前，她从山上下来的时候，连摔了几跤。不是在雨后泥泞的倾斜的山道上不小心滑倒，也不是在草坡上被那些纠缠的草棵绊倒，是她的老腿没有力量支撑得住自己的身子而倒下的。倒下后，她也没有力气马上让自己站起身来，或是护住柳条筐中的松茸。她眼睁睁地看着倾倒的筐子中，松茸一只只滚出了筐子，滚下山坡。当她挣扎着站起身来，收捡那些四散开去的松茸时，又一次次感到膝盖发酸发软，终于又瘫倒在地上。阿妈斯烱倒在草地上，她支撑起身子后，雨后的太阳出来了，照耀着近处的栎树、杉树和柳树，照着远山上连成一片的树，满眼苍翠。而在这空蒙的苍翠之上，还横着一条艳丽的彩虹。她听见自己说，斯烱啊，这一天到来了。

阿妈斯烱在山坡上休息了很长时间，然后终于还是把那些失落的松茸捡回到筐子里，回到了家里。她又花了很长时间，才把自己身上弄干净了。这才拿起了手机。

这只手机是胆巴买来专门留给她的。

她从来只是在儿子，或者儿媳，或者孙女打来电话时，在叮叮当当的响亮的音乐声中拿起电话，和他们说话。也就是说，阿妈斯烱不知道怎么用手机往外打电话。夕阳西下时分，她拿着手机出了门，在村道上遇到一个人，她就拿出手机，请帮忙给胆巴打个电话，我要跟他说话。

人家说，阿妈斯烱啊，我们没有胆巴的电话号码。

直到在村委会遇见村长，这才让人家帮着把电话打通了。

她说，胆巴呀，看来我要把蘑菇圈永远留在山上了。

胆巴很焦急，阿妈生病了吗？

阿妈斯烱觉得自己眼睛有些湿润，但她没有哭，她说，我没有病，我好好的，我的腿不行了，明年，我不能去看我的蘑菇圈了。

阿妈斯烱，你不要伤心。

儿子，我不伤心，我坐在山坡上，无可奈何的时候，看见彩虹了。

阿妈斯炯听见胆巴说话都带出了哭声，他说，阿妈斯炯，我的工作任务很重，我离不开我的岗位，不能马上来看你！你到儿子这儿来吧！

阿妈斯炯因此很骄傲，她关掉电话，说，我有个孝顺儿子，我一说我的腿不行了，他就哭了。她从村委会出来，慢慢走回家去，一路上，她遇到的五个人，她都说，我对胆巴说我的腿不行了，胆巴是个孝顺儿子，他都哭起来了。

第二天，丹雅就上门了。

丹雅带了好多好吃的东西，阿妈斯炯，我替胆巴哥哥看望你老人家来了。胆巴哥哥让我把你送到他那里去。

阿妈斯炯说，我哪里也不去，我只是再也不能去找我的蘑菇圈了。

丹雅说，那么让我替你来照顾那些蘑菇吧。

阿妈斯炯说，你怎么知道如何照顾那些蘑菇？你不会！

丹雅说，我会！不就是坐在它们身边，看它们如何从地下钻出来，就是耐心地看着它们慢慢现身吗？

阿妈斯炯说，哦，你不知道，你怎么可能知道！

丹雅说，我知道，不就是看着它们出土的时候，嘴里不停地喃喃自语吗？

阿妈斯炯说，天哪，你怎么可能知道！

丹雅说，科技，你老人家明白吗？科学技术让我们知道所有我们想知道的事情。

阿妈斯炯说，你不可能知道。

丹雅问她，你想不想知道自己在蘑菇圈里的样子？

阿妈斯炯没有言语。

丹雅从包里拿出一台小摄像机，放在阿妈斯炯跟前。一按开关，那个监视屏上显出一片幽蓝。然后，阿妈斯炯的蘑菇圈在画面中出现了。先是一些模糊的影像。树，树间晃动的太阳光斑，然后，树下潮润的地面清晰地显现，枯叶，稀疏的草棵，苔藓，盘曲裸露的树根。阿妈斯炯认出来了，这的确是她的蘑菇圈。那块紧靠着最大栎树干的岩石，表面的苔藓因为她常常坐在上面而有些枯黄。现在，那个石头空着。一只鸟停在一只蘑菇上，它啄食几口，又抬起头来警觉地张望四周，又赶紧啄食几口。如是几次，那只鸟振翅飞走了。那只蘑菇的菌伞被啄去了一小半。

丹雅说，阿妈斯炯你眼神不好啊，这么大朵的蘑菇都没有采到。她指着画面，这里，这里，这么多蘑菇都没有看到，留给了野鸟。

阿妈斯炯微笑，那是我留给它们的。山上的东西，人要吃，鸟也要吃。

下一段视频中，阿妈斯炯出现了。那是雨后，树叶湿淋淋的。风吹过，树叶上的水滴簌簌落下。阿妈斯炯坐在石头上，一脸慈爱的表情，在她身子的四周，都是雨后刚出土的松茸。镜头中，阿妈斯炯无声地动着嘴巴，那是她在跟这些蘑菇说话。她说了许久的话，周围的蘑菇更多，更大了。她开始采摘，带着珍重的表情，小心翼翼地下手，把采摘下来的蘑菇轻手轻脚地装进筐里。临走，还用树叶和苔藓把那些刚刚露头的小蘑菇掩盖起来。

看着这些画面，阿妈斯炯出声了，她说，可爱的可爱的，可怜的可怜的这些小东西，这些小精灵。她说，你们这些可怜的可爱的小东西，阿妈斯烱不能再上山去看你们了。

丹雅说，胆巴工作忙，又是维稳，又是牧民定居，他接了你电话马上就让我来看你。

阿妈斯烱回过神来，问，咦！我的蘑菇圈怎么让你看见了？

丹雅并不回答。她也不会告诉阿妈斯烱，公司怎么在阿妈斯烱随身的东西上装了 GPS，定位了她的秘密。她也不会告诉阿妈斯烱，定位后，公司又在蘑菇圈安装了自然保护区用于拍摄野生动物的摄像机，只要有活物出现在镜头范围内，摄像机就会自动开始工作。

阿妈斯烱明白过来，你们找到我的蘑菇圈了，你们找到我的蘑菇圈了！

如今这个世界没有什么是找不到的，阿妈斯烱，我们找到了。

阿妈斯烱心头溅起一点愤怒的火星，但那些火星刚刚闪出一点光亮就熄灭了。接踵而至的情绪也不是悲伤。而是面对一个完全陌生的世界那种空洞的迷茫。她不说话，也说不出什么话来。

只有丹雅在跟她说话。

丹雅说，我的公司不会动你那些蘑菇的，那些蘑菇换来的钱对我们公司没有什么用处。

丹雅说，我的公司只是借用一下你蘑菇圈中的这些影像，让人们看到我们野外培植松茸成功，让他们看到野生状态下我公司种植的松茸怎样生长。

阿妈斯烱抬起头来，她的眼睛里失去了往日的亮光，她问，这是为什么？

丹雅说，阿妈斯烱，为了钱，那些人看到蘑菇如此生长，他们就会给我们很多很多钱。

阿妈斯烱还是固执地问，为什么？

丹雅明白过来，阿妈斯烱是问她为什么一定要打她蘑菇圈的主意。

丹雅的回答依然如故，阿妈斯烱，钱，为了钱，为了很多很多的钱。

阿妈斯烱把手机递到丹雅手上，我要给胆巴打个电话。

丹雅打通了胆巴的电话，阿妈斯烱劈头就说，我的蘑菇圈没有了。我的蘑菇圈没有了。

电话里的胆巴说，过几天，我请假来接你。

过几天，胆巴没有来接她。

胆巴直到冬天，最早的雪下来的时候，才回到机村来接她。离开村子的时候，汽车缓缓开动，车轮压得路上的雪咕咕作响。阿妈斯烱突然开口，我的蘑菇圈没有了。

胆巴搂住母亲的肩头，阿妈斯烱，你不要伤心。

阿妈斯烱说，儿子啊，我老了我不伤心，只是我的蘑菇圈没有了。

三只虫草

一

海拔 3300 米。

寄宿小学校的钟声响了。

桑吉从浅丘的顶部回望钟声响起的地方。那是乡政府所在地。二三十幢房子散落在洼地中央。三层楼房的是乡政府。两层的曲尺形的楼房是他刚刚离开的学校。

这是 2014 年 5 月初始的日子，空气湿润起来。在刚刚过去的那个冬天，鼻子里只有冰冻的味道，风中尘土的味道。现在充满了他鼻腔的则是融雪散布到空气中的水汽的味道。还有冻土苏醒的味道。还有，刚刚露出新芽的青草的味道。

这是高海拔地区迟来的春天的味道。

第一遍钟声中，太阳露出了云层。天空、起伏的大地和蜿蜒曲折的流水都明亮起来。第一遍钟声叫预备铃。预备铃响起时，桑吉仿佛看见，女生们早就安安静静地坐在教室了。男生们则从宿舍，从操场，从厕所，从校门外开始向着楼上的教室奔跑。衣衫振动，合脚的不合脚的鞋子叶叶作响。男生们喜欢这样子奔跑，喜欢在楼梯间和走廊上推搡、碰撞，拥挤成一团跑进教室，这些正在启蒙中的孩子喜欢大喘着气，落座在教室里，小野兽一样，在寒气清冽的早晨，从嘴里喷吐出阵阵白烟。

等到第二遍铃声响起时，教室安静下来，只有男孩们剧烈奔跑后的喘息声。

第三遍钟声响起来了，这是正式上课的铃声。

多布杰老师或是娜姆老师开始点名。

从第一排中间那桌开始。

然后是左边，然后右边。

然后第二排，然后第三排。

桑吉的座位在第三排正中间，和羞怯的女生金花在一起。

现在，点名该点到他了。今天是星期三，第一节是数学课。那么点名的就该是娜姆老师。娜姆老师用她甜美的、听上去总是有些羞怯的声音念出了他的名字：“桑吉。”

没有回答。

娜姆老师提高了声音：“桑吉！”

桑吉似乎听到同学们笑起来。明明一抬眼就可以看见第三排中间的位置空着，她偏把头埋向那本点名册，又念了一遍：“桑吉！”

桑吉此时正站在望得见小学校，望得见小学校操场和红旗的山丘上，对着水气氛芬的空气，学着老师的口吻：“桑吉！”

然后，他笑起来：“对不起，老师，桑吉逃学了！”

此时，桑吉越过了丘岗，往南边的山坡下去几步，山坡下朝阳处的小学校和乡镇上那些房屋就从他眼前消失了。他开始顺着山坡向下奔跑，他奔跑，像草原上的很多孩子一样，并不是有什么急事需要奔跑，而是为了让柔软的风扑面而来，为了让自己像一只活力四射的小野兽一样跑得呼哧呼哧地喘着粗气。春天里，草坡在脚底下已经变得松软了，有弹性了。很像是地震后，他们转移到省城去借读时，那所学校里的塑胶跑道。

脚下出现了一道半米多高的土坎，桑吉轻松地跳下去了。那道坎是牦牛们磨角时挑出来的。

他跳过一丛丛只有光秃秃的坚硬枝干的雪层杜鹃，再过几天，它们就会绽放新芽，再有一个月，它们就会开出细密的紫色花朵。

挨着杜鹃花丛是一小片残雪，他听见那片残雪的硬壳在脚下破碎了。然后，天空在眼前旋转，那是他在雪上滑倒了。他仰身倒下，耳朵听到身体内部的东西震荡的声音。他笑了起来，他学着同学们的声音，说：“老师，桑吉逃学了。”

老师不相信。桑吉是最爱学习的学生。桑吉还是成绩最好的学生。

老师说：“他是不是病了？”

“老师，桑吉听说学校今年不放虫草假，就偷跑回家了。”

本来，草原上的学校，每年五月，都是要放虫草假的。挖虫草的季节，是草原上的人们每年收获最丰厚的季节。按惯例，学校都要放两周的虫草假，让学生们回家去帮忙。如今，退牧还草了，保护生态了，搬到定居点的牧民们没那么多地方放牧了。一家人的柴火油盐钱，向寺院作供养的钱，添置新衣裳和新家具的钱，供长大的孩子到远方上学的钱，看病的钱，都指望着这短暂的虫草季了。桑吉的姐姐在省城上中学。父亲和母亲都怨姐姐把太多的钱花在打扮上了。而桑吉在城里的学校借读过，他知道，姐姐那些花费都是必须的。她要穿裙子，还要穿裤子。穿裙子和穿裤子还要搭配不同样的鞋。皮的鞋，布的鞋，塑料的鞋。

寒假时，姐姐回家，父亲就埋怨她把几百块钱都花在穿着打扮上了。

父亲还说了奶奶的病，弄得姐姐愧疚得哭了。

那时，桑吉就对姐姐说了："女生就应该打扮得花枝招展。"

姐姐笑了，同时伸手打他："花枝招展，这是贬义词!"

桑吉翻开词典："上面没说是贬义词。"

"从人嘴里说出来就是贬义词。"

桑吉合上词典："这是好听又好看的词!"

父母听不懂两姐弟用学校里学来的汉语对话。

用纺棰纺着羊毛线的母亲笑了："你们说话像乡里来的干部一样!"

为桑吉换靴底的父亲说："当干部招人恨，将来还是当老师好。"

桑吉说："今年虫草假的时候，我要挣两千元。一千元寄给姐姐，一千元给奶奶看医生！”

奶奶不说话。

病痛时不说话，没有病痛时也不说话。

听了桑吉的话，她高兴起来，还是不说话，只是咧着没牙的嘴，笑了起来。

但是，快要放虫草假的时候，上面来了一个管学校的人，说：“虫草假，什么虫草假！不能让拜金主义把下一代的心灵玷污了！”

于是，桑吉的计划眼看着就要化为泡影了。不能兑现对姐姐和奶奶的承诺，他就成了说空话的人了。

所以，他就打定主意逃学了。

所以，他就在这个早上，在上学的钟声响起之前，跑出了学校。

钟声，他想，没有我，还没有这个钟声呢。

原来，学校上课下课是摇一个铜铃铛。当乡镇上来过了一辆收破烂的小卡车后，那只铃铛就从学校里消失了。那个铜铃铛被校长和值日老师的手磨得锃亮的把手上还系着一段红穗子，平常就放在校长办公室的窗台上。夏天的早上上面会结着露珠，深秋和初春的早上会结着薄霜。冬天，上面什么也没有，只是光泽都被严寒冻得暗哑了。

那辆收破烂的小卡车来过又消失，那只铜铃铛就消失了。

大家吱吱喳喳地传说，是一个手脚不干净的同学干的。

传说他用铜铃铛换来的钱在网吧玩了一个通宵的游戏。他在电脑屏幕上打死了很多怪兽，打下了很多样子古怪的飞机。

听说老师们还专门开了一个会，讨论要不要把这个家伙找出来。后来，还是校长说：“孩子，一个孩子，这种事还是不了了之吧。”

校长去了一趟县城，看自己的哮喘病，顺便从县教育局带回了一只电铃。电铃接上电线，安装在校长室的门楣上。从屋里一摁开关，叮铃铃的声音就响起来。急促，快速，谁去开它都一样。不像原来的铃声，在不同的老师手上，会摇出不同的节奏：丁——当！丁——当！或：丁丁——当当！丁丁——当当！

不承想，电铃怕冷，零下二十多度的冬天里，响了几天，就再也发不出声音了。

桑吉和泽仁想起了公路边雪中埋着的一个废弃的汽车轮胎，他们燃了一堆火，把上面的橡胶烧掉，把剩下半轮断裂的钢圈，弄回来挂在篮球架上，这就是现在小学的钟了。一棍子敲上去，一声响亮后，还有嗡嗡的余音回荡，像是群蜂快乐飞翔。

放寒假了，钢圈还是挂在篮球架上。

那个县城里叫做破烂王的人又开着他的小卡车来过两三趟，这钢圈还是挂在篮球架上。

桑吉把这事讲给父亲听。

父亲说：“善因结善果，你们有个好校长。”这个整天呆着无所事事的前牧牛人还因此大发议论，说，如今坏人太多，是因为警察太多了。父亲说：“坏人可不像虫草，越挖越少。坏人总是越抓越多。坏的东西和好的东西不一样，总是越找越多。”

桑吉把父亲的话学给多布杰老师听。老师笑笑：“奇怪的哲学。”

桑吉问：“奇怪的意思我知道，什么是哲学？”

老师说：“这个我也不知道。”

桑吉很聪明："我知道，这个不知道是说不出来的知道，不是我这种不知道。"

老师被这句话感动了，摸摸他的头："很快的，很快的，我就要教不了你了。"

多布杰老师平常穿着军绿色的夹克，牛仔裤上套着高腰军靴，配上络腮胡子，很硬朗的形象，说这话时眼里却有了泪花。

他那样子让娜姆老师大笑不止，饱满的胸脯晃动跳荡。

现在，桑吉却在逃离这钟声的召唤。

奔跑中，他重重地摔倒在一摊残雪上，仰身倒地时，胸腔中的器官都振荡了，脑子就像篮球架上的钢圈被敲击过后一样，嗡嗡作响。

桑吉庆幸的是，他没有咬着自己的舌头。

然后，他侧过身，让脸贴着冰凉的雪，这样能让痛楚和脑子里嗡嗡的蜂鸣声平复下来。

这时，他看见了这一年的第一只虫草！

二

其实，桑吉还没有在野地里见过活的虫草。

但他知道，当自己侧过身子的同时也侧过脑袋时，竖立在眼前的那一棵小草，更准确地说是竖立在眼前那一只嫩芽就是虫草。

那是怎样的一棵草芽呀！

它不是绿色的，而是褐色。因为从内部分泌出一点点黏稠的物质而显现出亮晶晶的褐色。

半个小拇指头那么高，三分之一，不，是四分之一的小拇指头那么粗。桑吉是聪明的男孩，刚学过的分数，在这里就用上了。

对，那不是一棵草，而是一棵褐色的草芽。

胶冻凝成一样的褐色草芽。冬天里煮一锅牛骨头，放了一夜的汤，第二天早上就凝成这种样子：有点透明的，娇嫩的，似乎是一碰就会碎掉的。

桑吉低低地叫了一声："虫草!"

他看看天，天上除了丝丝缕缕的几丝仿佛马上就要化掉的云彩，蓝汪汪地什么都没有出现。神没有出现，菩萨没有出现。按大人们的说法，一个人碰到好运气时，总是什么神灵护佑的结果。现在，对桑吉来说是这么重要的时刻，神却没有现身出来。多布杰老师总爱很张扬地说："低调，低调。"这是他作文中又出现一个好句子时，多布杰老师一边喜形于色，一边却要拍打着他的脑袋时所说的话。

他要回去对老师说："人家神才是低调的，保佑我碰上好运气也不出来张扬一下。"

多布杰老师却不是这样，一边拍打着他的脑袋说低调低调，一边对办公室里的别的老师喊："我教的这个娃娃，有点天才!"

桑吉已经忘记了被摔疼的身体，他调整呼吸，向着虫草伸出手去。

他的手都没有碰到凝胶一样的嫩芽，就又缩了回来。

他吹了吹指尖，就像母亲的手被烧滚的牛奶烫着时那样。

他又仔细看去，视野更放宽一些。看见虫草芽就竖立在残雪的边缘。一边是白雪，一边是黑土，竖立在那里，像一只小小的笔尖。

他翻身起来，跪在地上，直接用手开始挖掘，芽尖下面的虫草根一点点显露出来。那真是一条横卧着的虫子。肥胖的白色身子，上面有虫子移动时，需要拱起身子一点点挪动时用以助力的一圈圈的节环。他用嘴使劲吹开虫草身上的浮土，虫子细细的尾巴露了出来。

现在，整株虫草都起到他手上了。

他把它捧在手心里，细细地看，看那卧着的虫体头端生出一棵褐色的草芽。

这是一个美丽的奇妙的小生命。

这是一株可以换钱的虫草。一株虫草可以换到三十块钱。三十块钱，可以买两包给奶奶贴病痛关节的骨痛贴膏，或者可以给姐姐买一件打折的李宁牌T恤，粉红色的，或者纯白色的。姐姐穿着这件T恤上体育课时，会让那些帅气的长卷头发的男生对她吹口哨。

父亲说，他挖出一根虫草时，会对山神说对不起，我把你藏下的宝贝拿走了。

桑吉心里也有些小小的小小的，对了，纠结。这是娜姆老师爱用的词，也是他去借读过的城里学校的学生爱用的词。纠结。

桑吉确实有点天才。有一回，他看见母亲把纺出的羊毛线绕成线团，家里的猫伸出爪子把这个线团玩得乱七八糟时，他突然就明白了这个词。他抱起猫，看着母亲绝望地对着那乱了的线团，不知从何下手时，他突然就明白了那个词，脱口叫了声："纠结!"

母亲吓了一跳，啐他道："一惊一乍的，独脚鬼附体了!"

现在的桑吉的确有点纠结，是该把这株虫草看成一个美丽的生命，还是看成三十元人民币。这对大多数中国人来说根本不是一个问题，但对这片草原上的人们来说，常常是一个问题。

杀死一个生命和三十元钱，这会使他们在心头生出——纠结。

不过，正像一些喇嘛说的那样，如今世风日下，人们也就是小小纠结一下，然后依然会把一个小生命换成钱。

桑吉把这根虫草放在一边，撅着屁股在刚化冻不久的潮湿的枯草地上爬行，仔细地搜寻下一根虫草。

不久，他就有了新发现。

又是一株虫草。

又是一株虫草。

就在这片草坡上，他一共找到了十五根虫草。

想想这就挣到四百五十块钱了，桑吉都要哼出歌来了。一直匍匐在草地上，他的一双膝盖很快就被苏醒的冻土打湿了。他的眼睛为了寻找这短促而细小的虫草芽都流出了泪水。一些把巢筑在枯草窠下的云雀被他惊飞起来，不高兴地在他头顶上忽上忽下，喳喳叫唤。

和其他飞鸟比起来，云雀飞翔的姿态有些可笑。直上直下，像是一块石子，一团泥巴，被抛起又落下，落下又抛起。桑吉站起身，把双臂向后，像翅膀一样张开。他用这种姿式冲下了山坡。他作盘旋的姿态，他作俯冲的姿态。他这样子的意思是对着向他发出抗议声音的云雀说，为什么不用这样漂亮的姿态飞翔?

云雀不理会他，又落回到草窠中，蓬松着羽毛，吸收太阳的暖意。

在这些云雀看来，这个小野兽一样的孩子同样也是可笑的，他做着飞翔的姿态，却永远只能在地上吃力地奔跑，呼哧呼哧地喘着粗气，像一只笨拙的旱獭。

这天桑吉再没有遇见新的虫草。

他已经很满足了，也没有打算还要遇到新的虫草。

十五根，四百五十元啊！

他都没有再走上山坡，而是在那些连绵丘岗间蜿蜒的大路上大步穿行。阳光强烈，照耀着路边的溪流与沼泽中的融冰闪闪发光。加速融冻的草原黑土散发着越来越强烈的土腥味。一些牦牛头抵在裸露的岩石上舔食泛出的硝盐。

走了二十多里地，他到家了。

一个新的村庄。实行牧民定居计划后建立起来的新村庄。一模一样的房子。正面是一个门，门两边是两个窗户。表示这是三间房，然后，在左边或在右边，房子拐一个角，又出来一间房。一共有二十六七幢这样的房子，组成了一个新的村庄。为保护长江黄河上游的水源地，退牧还草了，牧人们不放牧，或者只放很少一点牧，父亲说："就像住在城里一样。"

桑吉不反驳父亲，心里却不同意他的说法，就二三十户人家聚在一起，怎么可能像城里一样？他上学的乡政府所在地，有卫生所，有学校，有修车铺，网吧，三家拉面馆，一家藏餐馆，一家四川饭馆，一家理发店，两家超市，还有一座寺院，也只是一个镇，而不是城。就算住在那里，也算不得"就像住在城里一样"。因为没有带塑胶跑道、有图书馆的中学，没有电影院，没有广场，没有大饭店，没有立交桥，没有电影里的街头黑帮，没有红绿灯和交通警察，这算什么城市呢？这些定居点里的人，不过是无所事事地傻呆着，不时地口诵六字真言罢了。直到北风退去，东南风把温暖送来，吹醒了大地，吹融了冰雪，虫草季到来。陷入梦魇一般的人们才随之苏醒过来。

桑吉不想用这些话破坏父亲的幻觉。

他只是在心里说，只是呆着不动，拿一点政府微薄的生活补贴算不得像城里一样的生活。

即便是每户人家的房顶上，都安装了一个卫星电视天线，每天晚上打开电视机都可以看到当地电视台播出翻译成藏语的电视剧，父亲和母亲坐下来，就着茶看讲汉语的城市里人们的故事。他们就是看不明白。

电视完了，两个人躺在被窝里发表观后感。

母亲的问题是："那些人吃得好，穿得好，也不干活，又是很操心很累很不高兴的样子，那是因为什么？"

桑吉听见这样的话，会在心里说："因为你不是城里人，不懂得城里人的生活。"

每年春暖花开的时候，大城市来的游客就会在草原上出现，组团的，自驾的，当驴友的，这些城里人说："啊，到这样的地方，身心是多么放松！"

这是说，他们在城里玩的时候不算玩，不放松，只有到了草原上，才是玩。但他不想把自己所知道的这些都告诉给父亲。他知道，父亲母亲让自己和姐姐上学，是为了他们过上更好的生活，而不是为了让他们回到家来显摆自己那些超过他们的见识。

父亲想不通的还有那种打仗的电视剧："那些人杀人比我们过去打猎还容易啊！杀人应该不是这么容易的呀！"

“那是杀日本鬼子呀！”母亲说。

父亲反驳：“杀日本鬼子就比杀野兔还容易吗？”

这时，他也不想告诉父亲说，这是编电视的人在表现爱国主义。他在电视里看到过电视剧的导演和明星谈为什么这样做就是因为爱国主义。

父亲是个较真的人，爱刨根问底的人，如果你告诉他这是爱国主义，说不定哪天他想啊想啊，冷不丁就会问桑吉：“那么，你说的这个主义和共产主义，还有个人主义是不一样的吗？还是原本是一样的？”

他不想让父亲把自己搅进这样的纠结的话题里。

现在，这个逃学的孩子正在回家。他走过溪流上的便桥，走上了村中那条硬化了的水泥路面。

奶奶坐在门口晒太阳，很远就看见他了。

她把手搭在额头上，遮住阳光，看孙子过了溪上的小桥，一步步走近自己，她没牙的嘴咧开，古铜色的脸上那些皱纹都舒展开来了。

桑吉把额头抵在奶奶的额头上，说：“闻闻我的味道！”

奶奶摸摸鼻子，意思是这个老鼻子闻不出什么味道了。

桑吉觉得自己怀里揣着十五根虫草。那些虫草，一半是虫，一半是草，同时散发着虫子和草芽的味道，奶奶应该闻得出来，但奶奶摸摸鼻子，表示并没有闻到什么味道。

屋里没有人。

父亲和母亲都去村委会开会了。

他自己弄了些吃的，一块风干肉，一把细碎的干酪。边吃边向村委会去。这时村委会的会已经散了。男人们坐在村委会院子里继续闲聊。女人们四散回家。

桑吉迎面碰上了母亲。

母亲没给他好脸色看，伸手就把他的耳朵揪住："你逃学了！"

他把皮袍的大襟拉开："闻闻味道！"

母亲不理："校长把电话打到村长那里，你逃学了！"

桑吉把皮袍的大襟再拉开一点，小声提醒母亲："虫草。虫草！"

母亲听而不闻，直到远离了那些过来围观的妇人们，直到把他拉进自己家里："虫草，虫草，生怕别人听不见！"

桑吉揉揉有些发烫的耳朵，把怀里的虫草放进条案上的一只青花龙碗里。他又从盛着十五只虫草的碗中分出来七只，放进另一个碗里："这是奶奶的，这是姐姐的。"

一边碗中还多出来一只，他捡出来放在自己手心里，说："这样就公平了。"他看看手心里那一只，确实有点孤单，便又从两边碗里各取出一只。现在，两边碗里各有六只，他手心里有了三只，他说："这是我的。"

母亲抹开了眼泪："懂事的桑吉，可怜的桑吉。"

母亲和村里这群妇人一样用词简单，说可怜的时候，有可爱的意思。所以，母亲感动的泪水，怜惜的泪水让桑吉很是受用。

母亲换了口吻，用对大人说话一样的口吻告诉桑吉："村里刚开了会，明天就可以上山挖虫草了。今年要组织纠察队，守在进山路上，不准外地人来挖我们山上的虫草。你父亲要参加纠察队，你不回来，我们家今年就挣不到什么钱了。"母亲指指火炉的左下方，家里那顶出门用的白布帐篷已经捆扎好了。

桑吉更感到自己逃学回来是再正确不过的举措了，不由得挺了挺他小孩子的小胸脯。

桑吉问：“阿爸又跟那些人喝酒了。”

母亲说：“他上山找花脸和白蹄去了。”

花脸和白蹄是家里两头驮东西的牦牛。

“我要和你们一起上山去挖虫草！”

母亲说：“你阿爸留下话来，让你的鼻子好好等着。”

桑吉知道，因为逃学父亲要惩罚他，揪他的鼻子，所以他说：“那我要把鼻子藏起来。”

母亲说：“那你赶紧找个土拨鼠洞，藏得越深越好！”

桑吉不怕。要是父亲留的话是让屁股等着，那才是真正的惩罚。揪揪鼻子，那就是小意思了，又痛又爱的小意思。

阿爸从坡上把花脸和白蹄牵回来，并没有揪他的鼻子。他只说：“明天给我回学校去。”

桑吉顶嘴：“我就是逃五十天学，他们也超不过我！”

“校长那么好，亲自打的电话，不能不听他的话。”

桑吉想了想：“我给校长写封信。”

他就真的从书包里掏出本子，坐下来给校长写信。其实，他是写给多布杰老师的：“多布杰老师，我一定能考一百分。帮我向校长请个虫草假。我的奶奶病了。姐姐上学没有好看的衣服。今天我看见虫草了。活的虫草。就像活的生命一样。我知道我是犯错了。我回来后你罚我站着上课吧。逃课了多少天，我就站多少天。我知道这样做太不低调了。为了保护草原，我们家没有牛群了。我们家只剩下五头牛了。两头犾牛和三头奶牛。只有挖虫草才能挣到钱。”

他把信折成一只纸鹤的样子，在翅膀上写上多布杰老师收的字样。

父亲看着他老练沉稳地做着这一切，眼睛里流露出崇拜的光亮。

父亲赔着小心说：“那么，我去把这个交给村长吧。”

他说：“行，就交给村长，让他托人带到学校去。”

这是桑吉逃学的第一天。

那天晚上，他睡不着。听着父亲和母亲一直在悄声谈论自己。说神灵看顾，让他们有福气，得到漂亮的女儿，和这么聪明懂事的儿子。政府说，定居了，牧民过上新生活。一家人要分睡在一间一间的房里。可是，他们还是喜欢一家人睡在暖和的火炉边上。白天，被褥铺在各个房间的床上。晚上，他们就把这些被褥搬出来，铺在火炉边的地板上。大人睡在左边，孩子睡在右边。父亲和母亲说够了，母亲过来，钻进桑吉的被子下面。母亲抱着他，让他的头顶着她的下巴。她身上还带着父亲的味道。她的乳房温暖又柔软。

三

去往虫草山的这个早晨，天上下着雪霰。

雪霰本是笔直落到地上，可是有风。说不上大，但很有劲道的风，把雪霰横吹过来，打在人脸上，像一只只口器冰凉的飞虫在撞击，在叮咬。

风搅着雪，把整个世界吹得天昏地暗。

这样的情景中，很难想象这个世界上还会在蓝天下面耸立着一座虫草山。一座黑土中，浅草下埋满了宝物的山。

桑吉把袍子宽大的袖口举起来，权且遮挡一下风雪，心想：“虫草山肯定不见了吧。”

话到嘴边，变成了：“我们找不到虫草山了吧？”

母亲叫他放心：“虫草山在着呢。”

将近中午，大家来到了虫草山下。

雪停了，风也停了，天却阴着。云雾低垂，把虫草山的顶峰藏在灰暗的深处。只有那些长着虫草的土坡，立在眼前，像是一个巨人，只看见他腆着的肚子，却不见隐在灰云中的脑袋和颈项。

桑吉想，那些鼓着的肚腹一样的山坡，一定藏着好多虫草。

在风中搭帐篷很费了些力气。风总想把还来不及系牢的帐篷布吹上天空，桑吉就把整个身子都压在帐篷布上，让父亲腾出手来，把绳锚砸进地里。

帐篷架好了，母亲在帐篷中生火。

桑吉在河沟边的灌木丛中搜寻干枯的树枝。他不用眼睛看，他用脚蹚。

掉光了叶子的灌木看上去都一样，难以分辨哪些已经干枯，哪些还活着。可是用脚一蹚，干枯的噼噼啪啪折断，活着的弯下腰又强劲反弹。很快，他们家帐篷旁边的枯枝就堆成了一座小山。

邻居都来夸赞：“聪明的孩子才能成事呀！”

父亲却骂：“你这么干，知道有多费靴子吗？”

母亲看着他把干枯的杜鹃树枝添进炉堂，脸上映着红彤彤的火光，说：“他心里美着呢。”

桑吉知道，母亲看见自己能干顾家，心里也正美着呢。

这时有人通知去抽签，村里用这种方法产生每天三组六个人在各个路口封堵外来人的纠察队员。

父亲起身，桑吉也跟在他身后。

山顶还是被风和雪还有阴云笼罩着，鼓着肚子的黄色草坡下面的洼里地，聚居点的人家都在这里搭起了自己的帐篷。

男人们都聚在村长家的帐篷前，村长就在帐篷边折了些绣线菊的细枝，撅成长短不一的短棍，握在他缺一根指头的手中，宣布规则：“抽到长的人明天值班。明天晚上大家再来抽，看后天该谁值班。”

天上吹着冷风，男人们都把手插在皮袍的大襟里，村长握着那把短棍，把手举到众人面前。第三个人就是桑吉的父亲了。父亲没有把手从皮袍襟里拿出来，他看看儿子。

村长问：“让桑吉抽？”

桑吉伸出的手又缩了回来。

因为前面三个人都抽了短的。他想起多布杰老师在数学课上说过的一个词：概率。那时，他没有听懂。现在，他有些明白了。前面三个都抽了短的，那么，也许长的就该出现了。

所以，他对村长说：“先让别人抽，我要算一算。”

男人们笑起来：“算一算，你是一个会占卜的喇嘛吗？”

桑吉摇了摇头：“我要用数学算一算。”

他们家在定居点的邻居伸出了手：“哦，这个娃娃装得学问比喇嘛都大了！”

村长手里有二十八根棍子，其中有六根长棍，已经抽出三根短棍，接下来，他们家的邻居抽出了一根长棍，接下来，是一根短棍，接下来，又一根长棍。抽到长棍的人连叫倒霉。虽然大家都愿意当纠察，保卫村里的虫草山，但谁都不想在第一天。谁都明白，第一天上山的收获，可能胜过后来的三四天。

这时，桑吉说：“我算好了。”他出手，抽到了一根短棍。

晚上，父亲在帐篷里几次对母亲说：“你儿子，他说他要算算，他要算算！”

桑吉躺在被窝里，听着风呼呼地掠过帐篷顶，又从枕头底下翻出来铁皮文具盒，摸到三根胖胖的虫草，把柔软的触觉传到他指尖。

他听见父亲低声问母亲：“儿子睡着了吗？”

母亲说：“你再不老实，山神不高兴，会让我们的眼睛看不见虫草！”

父亲说：“山神老人家忙得很呢，哪有时间整天盯着你一个人。”

“山神有一千只一万只眼睛，什么都有看见。”

母亲起身离开父亲，钻到了桑吉的被窝里，她带来一团热乎乎的气息，她的手穿过桑吉的腋下，轻轻地环抱着他。她的胸又软和又温暖，父亲还在炉子那边的被窝里自言自语：“算算。”

桑吉的身子微笑着弯曲，姿态像是枕边文具盒里的虫草，松弛又温暖。他很快就睡着了。

他是被一阵鼓声惊醒的。

帐篷里没有人，外面鼓声阵阵。

他知道，那是喇嘛在作法。

天朗气清，阳光明亮。

草地被照耀得一片金黄。虫草山上方的雪山在蓝天下显露出赭红色的山崖和山崖上方晶莹的积雪。

人们聚集在溪边，那里已经用石头砌起了一个祭台。喇嘛坐在上首，击鼓诵经。男人们在祭台上点燃了柏枝，芬芳的青烟直上蓝天。喇嘛们手中的钹与镲发出响亮的声音时，仪式到了尾声。男人们齐声呼喊，献给山神的风马雪片般布满了天空。

虫草季正式开启。

选为纠察的人们分头前去把守路口，全村男女都出发上山。每人一把小小的鹤嘴锄，一只搪瓷缸子。人们在山坡上四散开来，趴在草坡上，细细搜寻长不过一两厘米的褐色的娇嫩草芽。

桑吉手里也有了一把轻巧的鹤嘴锄。当一只虫草芽出现在眼前，他也学着大人们的样子，把周围的浮土和枯草拂开，从草芽的旁边进锄，再用劲撬动，他听到草根断裂的声音，看到地面开裂，再缓缓用劲，那道裂缝的中央，胖胖的虫草出现了。他鼓起腮帮，把虫草上的浮土吹开，小心拈起它，放进搪瓷缸里。做这所有的动作，他都小心翼翼，不让虫草有最微小的损伤。过些日子，虫草贩子就要来了，他们嘴里永远挂着一个词：品相，品相。第一是品相，第三还是品相。就像校长说：第一是做人，第三还是做人。就像多布杰老师说：第一是学习，第三还是学习。就像娜姆老师说：第一是爱，第二是爱，第三还是爱。

在山上，比起自己和母亲，高个子的父亲就笨拙多了。

首先，他不容易看见细小的虫草芽。

第二，好不容易发现了，他的大手对付这个小东西，也是很无所适从的样子。

太阳当顶的时候，一家人停下来吃午餐。冷牛肉，烧饼，一暖瓶热茶。桑吉狼吞虎咽，父亲说他吃相不好。父亲端端正正坐着，一小刀一小刀削下牛肉，喂进嘴里，细嚼慢咽。饮下热茶时，更要发出舒服的感叹。桑吉不管，三下五除二，很快就吃得有些撑了。他趴在地上，数三只搪瓷缸里的虫草。他的成绩是十九只。母亲二十三只。父亲最少，十一只。

父亲笑着说："小东西是让小孩和女人看见的。男人的眼睛用来看大处和远处。"

母亲说对桑吉说："你父亲年轻时，打猎和寻找走失的牛，很远很远，他就能看见。"母亲又对父亲说，"可现在不打猎也不放牧了，挖虫草，就得看着近处细处了。"

父亲吃饱了，把刀插回鞘中，抹抹嘴，翻身仰躺在草地上，用帽子盖住了脸。

桑吉看着父亲，桑吉总是不由自主地把眼光落在父亲和母亲身上。父亲用帽子盖着脸，耳朵却在一上一下地动着。这是他在逗桑吉玩。这相当于电视里那些人说我爱你。父亲不说，他一上一下动着耳朵，逗桑吉开心。

桑吉眼尖，在父亲耳朵边发现了一粒破土而出的虫草芽。

他把鹤嘴锄楔进土中，对父亲说不动不动，取出一只胖胖的虫草。

然后，他揭开父亲脸上的帽子，把那只虫草在举在他眼前。

父亲很舒心，对母亲说："这个孩子不会白养呢。不像你姐姐的儿子呢。"

他们说的是桑吉十六岁的表哥。小学上到三年级就不上了。长到十四五岁，就开始偷东西，只为换一点钱，到乡政府所在的镇上，或者到县城打台球。他偷过一头牛，还和另一个混混偷偷卸掉停在旅馆的卡车的备用轮胎，卖到修车铺，也不远走，就在修车铺门口的露天台球桌上打台球，台球桌边放一打啤酒，边打边喝。打到第三天，就被抓到派出所去关了一个星期。

四处浪荡的表哥常常不回家，饿得不行了，还跑到小学校来，来吃他的饭。

星期天下午，学校背后的草地上，他曾经对表哥说："你来吃我的饭，我很高兴。"

表哥一边狼吞虎咽，一边说："那你是个傻瓜。"

桑吉很老成很正经地说："你来吃我的饭，说明你没有偷东西。所以我很高兴。"

表哥说："傻瓜！那是因为这地方又穷又小，偷不到东西！"

桑吉很伤心："求求你不要偷了。"

表哥也露出伤心的表情："上学我成绩不好，就想回去跟大人们一样当牧民，可是，大人们也不放牧了。有钱人家到县城开一个铺子，我们家比你们家还穷。你这个装模作样的家伙，敢来教训我！"

桑吉不说话。

表哥又让他去买啤酒。一口气喝了两瓶后，他借酒装疯："读书行的人，上大学，当干部。等你当了干部再来教训我！那你说，我不偷能干什么？"

桑吉埋头想了半天，实在没有想出什么好办法，就说："那你少偷一点吧。"

表哥很重地打了他一巴掌，唱着歌走了。那天，他把学校一台录音机偷走了。再以后，学校就不准表哥再到学校来找他了。

校长说："学校不是饿鬼的施食之地，请往该去的地方去。"

多布杰老师说："你信不信我能把你揍得把一个人看成三个人！"

表哥灰溜溜走了。多布杰老师眼里的表情变得柔和了，他对桑吉说："你现在帮不了他，只有好好读书，或许将来你可以帮到他。"

从此，表哥不偷东西了。他当背夫，帮人背东西。帮去爬雪山的游客背东西。帮勘探矿山的人背东西。最后，又帮盗猎者背藏羚羊皮，盗猎者空手出山，他却被巡山队抓个正着，进监狱已经一年多了。

父亲提起这个话头，让他想起表哥。

他想起多布杰老师的话："你表哥其实是个好人。可是，监狱可不是把一个人变好的地方。"

他想等虫草季结束，手里有了钱，他就去城里看表哥。他和姐姐在一个城里。不同的是，一个在学校，一个在监狱。他想给表哥买一双手套。皮的，五个指头都露在外面的。表哥戴过那样子的一只手套。那是他捡来的。但他喜欢戴着那样一只手套打台球，头上还歪戴着一顶棒球帽。对，他还要给他买一顶新的棒球帽。但他不给表哥买项链。表哥的项链上挂着的一个塑料的骷髅头，表面却涂着金属漆，实在是太难看了。那是一个来自一个暴烈的电子游戏中的形象。

他坐在草坡上，坐在太阳下想表哥。表情惆怅。

母亲埋怨父亲："你提他不争气的表哥干什么？你让儿子伤心

了。“

父亲翻身起来，摸摸他的脑袋：“虫草还在等我们呢。”

这一下午，桑吉又挖了十多根虫草。

晚上，回到帐篷里，母亲生火擀面。锅里下了牛肉片和干菜叶的水在沸腾，今天晚餐是一锅热腾腾的面片。

桑吉拿一只小软刷，把一只只虫草身上的杂物清除干净，然后一只只整齐排列在一块干燥的木板上，虫草里的水分，一部分挥发到空气，一部分被干燥的木板吸收。等到虫草贩子出现在营地的时候，它们就可以出售了。

父亲抽签回来的时候，面片已经下锅了。汤沸腾起来的时候，母亲就往锅里倒一小勺凉水，这样锅里会沉静片刻，然后，又翻沸起来，如是者三，滑溜溜香喷喷的面片就煮好了。

父亲又抽到一根短棍。

父亲对桑吉说：“我也学你算了算。”惹得桑吉大笑不止。

桑吉大笑的时候，帐篷门帘被掀开，一个人带着一股冷风进来了。来人是一个喇嘛。

女主人专门把一只碗用清水洗过，盛一大碗面片双手恭敬地递到喇嘛面前。喇嘛不说话，笑着摇手。

一家人便不敢自便，任煮好的面片融成一锅浆糊。

往年，虫草季结束的时候，喇嘛会来，从每户人家收一些虫草，作为他们虫草季开山仪式诵经作法的报酬。但开山第一天，就来人家里，这是第一回。喇嘛不说话，一家人也不明白他的意思，大家便僵在那里。

喇嘛开口了，也不说来意，却说听大家传说，这一家叫桑吉的儿子天资聪慧，在学校里成绩好得不得了。喇嘛说，这就是根器好。可惜早年没有进庙出家，而是进了学校。学校好是好，上大学，进城，一个人享受现世好福报。如果出家，修行有成，自渡渡人，那就是全家人享受福报，还不止是现世呢。

说这些话时，喇嘛眼睛盯着帐篷一角木板上晾着的虫草。

那些虫草，火苗蹿出炉膛时，就被照亮，火苗缩回炉膛时，就隐入黑暗，不被人看见。桑吉挪动屁股，遮住了投向虫草的火光。

喇嘛笑了："果然是聪明种子啊！"

喇嘛还说："知道吗？佛经里有好多关于影子的话。云影怎能把大山藏起来？"

桑吉心头气恼，顶撞了喇嘛："看大山要去宽广草滩，不必来我家窄小的帐房。"

父亲念一声佛号："小犊子，要敬畏三宝。"

桑吉知道，佛，和他的法，和传他法的喇嘛，就是三宝。父亲一提醒，自己心里也害怕。在学校，他顶撞过老师，过后却没有这样的害怕。

父亲对喇嘛说："上师来到贫家，有什么示下，请明言吧。"

喇嘛说："年年虫草季，大家都到山神库中取宝，全靠我等作法祈请，他老人家才没动怒，降下惩罚。"

父亲说："这个我们知道，待虫草季结束，我们还是会跟往年一样，呈上谢仪。"

喇嘛脸上的笑容消失了："山中的宝物眼见得越来越少，山神一年年越发地不高兴了，我们要比往年多费好几倍的力气，才能安抚住他老人家不要动怒。"

话到了这个份上，结果也自然明了。喇嘛从他们第一天的收获中拿走了五分之一的虫草，预支了一份作为他们加倍作法的报偿。

喇嘛取了虫草，客气地告辞。这时，他家的面片已经变成一锅面糊了。

第二天，他们上山时，喇嘛们又在草滩上铺了毯子，坐在上面摇铃击鼓，大作其法。

桑吉对父亲说："今天晚上喇嘛还要来。"

当天晚上，喇嘛没有来。

他们是第五天晚上来的。这回是两个小沙弥，一个摇着经轮，一个手里端着一只托盘，也不进帐篷，立在门口，说："二十只，二十只就够了。"

桑吉禁不住喊道："二十根，六百块钱！"

母亲怕他说出什么更冒失的话来，伸手把他的嘴捂住了。

四

虫草一天天增多。

晾干了的虫草都精心收起来，装进一只专门在县城白铁铺定制的箱子里。箱子用白铁皮包裹，里面衬着紫红色丝绒。晾干的虫草就一只只静静地躺在那暗黑的空间里沉睡。一个星期不到，不算还晾在木板上那几十只，箱子里已经有了将近六百根虫草。也不算躺在文具盒里的那三只。

明天是在这座虫草山上的最后一天。

在村长家帐篷前抽签时，父亲还是抽到了短木棍。父亲没有声张，心里高兴，嘴上却说：“也该我去守一回路口了。”

回到家里，他却喜形于色，说：“看来今年我们家运气好着呢。”

母亲说：“要是女儿考得上大学，那才是神真真地看顾我们了。”

父亲净了手，把小佛龛中佛前的灯油添满，把灯芯拨亮。

这天晚上，桑吉躺在被窝里，又给他的三根虫草派上了新用场。

他想回学校时该送多布杰老师和娜姆老师一人一样礼物。他想起星期六或星期天，太阳好的时候，老师们喜欢在院子里，在太阳地里洗洗涮涮。多布杰老师涂一脸吉利牌的剃须泡，打理他的络腮胡子，娜姆老师用飘柔洗发水洗自己的长发。他想回学校时，买一罐剃须泡和一瓶洗发水送给他们。

三只虫草，一共才九十块钱哪！

为此，他心里生出小小的苦恼，怕因此就不够给表哥买无指的皮手套的钱了。

甚至睡梦里，也有小小的焦灼在那里，像只灰色的鸟在盘旋。

早上起来，父亲当纠察队员去把守路口了。桑吉和母亲上山去。这座山四围除了向西的一面属于另一个村子，其他三面鼓起的肚腹都被反复搜索过两三遍了。所以，这一天收获很少，他和母亲一共只采到十几只虫草。桑吉提议，不如早点下山，收拾好东西，明天早点转到新的营地。

母亲坐下来，让桑吉把头靠在她腿上，说：“去那么早干什么？没有祭山仪式，谁都不能先上山去挖虫草。”

桑吉说：“去得早，可以多找些干柴，多捡些干牛粪，我们家的炉火就比别人家的旺。”

母亲说：“有你这样的儿子，我们家怕是真要兴旺了。”

桑吉改用了汉语，用课堂上念书的腔调：“旺，兴旺的旺，旺盛的旺。”

他笑了，对母亲说：“还能组什么词，我想不起来了。”

母亲爱抚他的脑袋：“天神啊，你脑袋里装了多少我不知道的东西啊！”

回到帐篷里，桑吉把晾在木板上的三只虫草收进文具盒里——这是他脑子里已经派了很多用场的虫草。

然后，再去溪边打水，母亲说了，今天要煮一锅肉。大块的肉之外，牛的腿骨可以熬出浓浓的汤。

桑吉把牛腿骨放在帐篷外的石头上，用斧子背砸。骨头的碎屑四处飞溅。一些鸟闻声并不惊飞，而是聚拢过来，在草地上蹦蹦跳跳，争着啄食那些沾着肉带着髓的小碎屑。母亲倚在帐篷门边，笑着说：“鸟不怕你呢，你能聚拢生气呢。”

桑吉更加卖力地砸那些骨头，砸出更多的碎骨头，四处飞溅，让鸟们啄食。

虽说是沾肉带髓，但到底是骨头，鸟们都只浅尝辄止几口，便扑楞楞振翅飞走了。桑吉这才收了手，脱下头上的绒线帽子，头上冒起一股白烟。

母亲说：“瞧，你的头上先开锅了。”

母亲从他脚边把那些砸碎的骨头收起来，下了锅。肉香味充溢帐篷的时候，桑吉把在这座虫草山上的收获清理完毕了——不算他那三根，也不算他要单给奶奶和姐姐的那十二根——他们一家三口在这座虫草山上的收获一共是六百七十一根。一根三十块。三六一万八，三七二千一，加起来是二万零一百，还有个三十，他对母亲说："哇，一共是二万零一百三十。"

母亲笑得眉眼舒展。

这时，父亲刚好弯着腰钻进了帐篷，说："你高兴是因为钱多呢，还是因为儿子算这么快。"

不等母亲回话，父亲又说："来客人了。"

果然，帐篷门口，还站着一个人。

这个人穿着一件长呢大衣，戴着一顶鸭舌帽，是个干部。一抹浓黑的胡子盖着他的上嘴唇。

这个人用手稍稍抬了抬帽子，就弯腰进了帐篷。母亲搬过垫子，请他在火炉边坐了。

这个人盘腿坐下，表情严肃地盯着桑吉："那么，你就是那个逃学的桑吉了。"

桑吉说："期末考试我照样能考一百分。"

这个人说："你不知道我是谁吧？我叫贡布。"

桑吉说："贡布叔叔。"

这个人说："我是县政府的调研员，专门调研虫草季逃学的学生。"

桑吉问："调研是什么意思？"他真的没有听到过这个词。

调研员说："你逃学的那天，我就调研到你们学校了。你逃学一星期了。你之后，又有七个人逃学。"

父亲插进来，想帮儿子申辩，但他刚张口，嘴里发出了一两个模糊的音节，调研员只抬了抬手，他就把话咽回去了。调研员说：

“你不要说话，我和桑吉说话。桑吉是一个值得与他谈话的人。”

桑吉还是固执地问：“调研是什么意思，我没听说过。”

调研员从母亲手里接过牛肉汤时，还对她很客气地笑了一下。他喝了一口汤，吧嗒一下嘴，作为对这汤鲜美的夸奖。这才对桑吉说：“视察。”

桑吉的眼光垂向地上：“视察。你是领导？”

调研员哈哈大笑：“这么小的孩子都知道领导！”他又说，“不要担心了，我不是来抓你回学校的。”

桑吉这才放松下来：“真的吗？”

“你听听外面。”

这时，桑吉才注意到今天黄昏的营地有一种特别的热闹。一群孩子加入营地，带来了一种生气勃勃的热闹。学校确实放了假，各家的孩子都回到营地里来了。男孩子们身上带着野气，无缘无故就呼喊，无缘无故就奔跑。女孩子们跳橡筋绳：一二三四五六七！七六五四三二一！

桑吉冲出帐篷，加入了他们。

但他的同学们并不太欢迎他。他们怀着小小的嫉妒。他逃了学，期末考试照样会得一百分，而且，营地里都传说，他起码挖了一万块钱的虫草。大家围成一圈在草滩上踢足球，大家都不把球传给他。可是，当球被谁一个大脚开到远处时，就有人叫：“桑吉！”

他捡了球回来，大家还是不把球传给他。

这使得他意兴阑珊，只想天早些黑，早点回家。

回家时，他看到父亲正蘸着口水数钱。数十张，交到母亲手上，再数十张。最后父亲笑了：“二万〇一百三十元。”

母亲却忧虑："村里商量过的，虫草要一起出手。"

调研员笑了，把钱袋裹在腰上："我这就去村长家吃饭，把他们家的虫草也收了。"

母亲从锅里捞了一大块牛肉，包好，要调研员带上。他说："留着吧，哪天我到你们家来吃就是了。"

那意思是他一时半会儿不会离开。

调研员拍拍桑吉的脑袋："这些娃娃放假回家挖虫草，我要在这里盯着他们，别在山上摔坏了，别让狗熊咬伤了。"

父亲说："您放心吧，山里没有狗熊已经十多年了。"

调研员提着他们家的虫草箱起身了："这只是一个比喻。你们家下一个虫草山的收获也给我留着。"说完，他一掀帐篷门帘，出去了。

桑吉说："他没有付箱子的钱！"

桑吉记得，红丝绒，加白铁皮，加薄衬板，加手工，一共花了差不多三百块钱。为了这只箱子，父亲在白铁店坐等三天，看着店里的师傅做出来的。每天下了课，他都到那个店里去陪父亲。第一天，师傅把剪出来的白铁皮敲打成了一个长方体，有了箱子的基本模样。第二天，又给箱子内部安上了木衬板和红丝绒，第三天，是盖子和箱子上的铁把手。最后，安装上了一只锁。这只锁是桑吉从捡来的一只破公文包上取下来的。常常，从外地来这个镇上的人，走后都会留下点什么不要的破烂货。开车的留下一只旧轮胎，驴友留下一只登山杖。也是一位来学校检查工作的干部，他留下的一只四角都被磨得泛白的公文包。桑吉不知道自己为什么卸下了那只锁。那时，他并不知道父亲打算为装虫草而做一只讲究的箱子。但父亲告诉他，此行来镇上，是为了做一只装虫草的箱子时，他就拿出了那只锁。

桑吉说：“虫草挖出来，在我们手上就十来天时间，为什么要一个箱子？”

父亲说：“给我们带来一年生计的东西，不能就装在一只旧布袋里。”

三天后，一只箱子就做出来了。还装上那只锁。

白铁店老板嘲笑他们：“装一只没有钥匙的锁干什么？”

父亲说：“没有钥匙的锁也是锁，聋子的耳朵也是耳朵。”

真的，有了这只锁，不管有没有钥匙，那就是一只像模像样的箱子了，像是一只可以装着值得珍重的物品的东西了。

可是，现在调研员拿走了这只箱子。

桑吉追了出去，在村长家帐篷门口，他从后面拉着了调研员大衣上的腰绊。

调研员说：“我没有多付你们家钱吧。”

桑吉说：“箱子，你不能带走箱子。”

调研员说：“箱子？我只拿了虫草。”

桑吉说：“你只能拿走虫草，不能拿走装虫草的箱子。”

调研员明白了：“你得告诉我，这些虫草我是捧在手上还是含在嘴里。”

桑吉说：“收虫草的人都自己带装虫草的东西。”

桑吉其实不知道调研员带着一只讲究的箱子，接上电就恒温恒湿。不是装虫草的，是城里人装雪茄烟的箱子。调研员的这只箱子就放在他的汽车里。他本来要在村长家吃了晚饭，再串几户人家，

把收来的虫草装进汽车里的恒温箱里，明天早上再把箱子还给他们。

现在，调研员觉得他是个好玩的娃娃，他说：“你在镇上的超市里买过东西吗？”

桑吉说：“买过。”

“说说你买过些什么东西。”

“糖，还有墨水。”

“对了，超市的人让你把包糖的纸和墨水瓶还给他们了吗？”

桑吉摇了摇头。

调研员说：“嘿，小伙子，你是在摇头吗？你不知道黑夜里我看不见吗？”

桑吉说：“你只付了虫草钱，没付箱子的钱。”

调研员笑了，他不进村长家的帐篷，转身往他停车的地方走。隔着老远，刚看得见车窗玻璃上的反射光，他按一下手里的钥匙，车灯闪烁的同时，还吱地叫了一声。

调研员打开车子的后箱门，车里灯亮起来，照见一只箱子。箱子闪着黑黝黝的金属光泽，箱门上还有两只手表那么大的表盘。调研员说：“小伙子，开开眼，这样的东西才配叫箱子。”

他打开箱子门，从里面取出一只塑料盒，把虫草装进里面，塞进了那只漂亮的箱子。

桑吉以为调研员这下该把箱子还给他了。但调研员没有这个意思。他问桑吉：“用完了墨水，你把瓶子还到超市了？”

这回，桑吉不说话也不摇头，他不敢说，他和同学们把空瓶子放在学校围墙上，当弹弓的靶子了。

调研员说：“我知道都被你们打碎了，围墙外，满地是玻璃渣子，当我不知道吗？好小子，你来追我，我以为你要为逃学交一份检讨书呢。是的，我不要这只破箱子，但我告诉你，这是我买虫草买来的包装。”

桑吉终于露出了请求的口吻：“你有这么漂亮的箱子，把这箱子还给我家吧。”

调研员点了一支烟，脸上露出干部要为难人时的表情，说：“看在你是个成绩优秀的学生的份上，我没让你为逃学写检讨，总不成让你白拿回箱子吧？”

桑吉知道，一个干部脸上露出这样表情的时候，不意思意思，那是拿不回这只箱子了。

他咽了口唾沫，有些艰难地说：“我给你虫草。”

调研员弯下腰：“虫草，你给我虫草？”

“我换这只箱子。”

调研员：“多少？”

桑吉提高了声音：“三只，三只虫草。”

调研员把烟头扔在地上，用脚把那一星火踩灭了，说：“成交！”

桑吉抱起了箱子，调研员说：“小伙子，你既然开始学习交易了，就该先把虫草拿来。”

桑吉跑进帐篷，从枕头下拿出了那只铁皮文具盒。回来时，调研员又燃起了一支烟。他看着桑吉打开文具盒，看到了里面躺着三只白白净净胖乎乎的虫草，他细心地把三只虫草拈出来，放进了那只盒子里，和这几天，一家人换了两万多块钱的虫草们混在了一起。

桑吉抱起了箱子。

调研员在他身后说：“等等。”他从车上拿出一包糖果，还有一个漂亮的笔记本，掀开桑吉抱在怀里的箱子盖，放进了里面。他啪一声合上箱盖：“祝贺你交易成功，一份奖励。”

调研员拍拍他的脑袋，往村长家的帐篷去了。

桑吉抱着箱子回家，在星空下，他的泪水流了下来。他想着那三只白白胖胖的虫草，想着他打算送给表哥的无指手套，想着他得空着双手去看望表哥，想着也不能买剃须泡和飘柔洗发水送给两个老师，他的泪水就下来。他望望天空，星星在他的泪眼中，闪烁着更动人的光芒。

他在晚风中站了一阵，等泪水干了，才走进自家的帐篷。他对父亲和母亲说：“我把箱子要回来了。”

五

第二天，各家收拾帐篷时，调研员发动了车子。他特意把车开过桑吉身旁。他摇下车窗，像对大人一样和桑吉打招呼：“我过几天还回来，把你们家的虫草给我留着。”

桑吉别过头去，不想跟他说话。

桑吉这个样子，让他父亲很着急：“领导在跟你说话。”

调研员这才对父亲说：“我喜欢这个孩子，我回来时要带份礼物给他。他喜欢什么东西？”

父亲说：“书。”

调研员转脸对桑吉说：“一套百科全书怎么样？”调研员压低了声音说，“那你可赚大了。知道一套百科全书多少钱，八九百呀！

告诉你吧，当你喜欢一个人，就意味在买卖中要吃大亏了！”

他一踩油门，汽车在草滩上摇摇晃晃地前进。桑吉看到过汽车开上草滩被陷在泥里的情形，他想，这辆车要被陷住了。更准确地说，是桑吉希望这辆车会被陷住。但是，这辆车摇晃着，轰鸣着，冲出了地面松软的草滩，上到了路上，调研员又向他挥了挥手，车屁股后卷起尘土，很快就转过山口，消失了。只把尘土留在天幕之下，经久不散。

父亲用责备的口吻说：“人家喜欢你呢。”

桑吉说：“不喜欢他像个了不起的人物和我说话。”

但是，他心里已经在想象那套百科全书是什么样子了。这是他第二次听见有一种书叫百科全书了。有几个登山客来过学校，送了他们班的学生一人一只文具盒，还和他们拍了很多照片。他们说，回到城里后，最多不过两星期，他们就会寄来这些照片和一套百科全书。可是，两年过去了，他们也没收到这些人许诺要寄来的东西。

在新的虫草山上，桑吉老是在想这套百科全书。

这时，调研员正在赶路。路上，遇到了堵车，他骂骂咧咧地停下车来。

他骂骂咧咧是因为心里不痛快。

前不久，他还是县里的副县长。干部调整的时候，人们都说他会当上县长，再不济也能当上常务副县长。可是，调整后的结果是他成了这个县的调研员。都知道，一个干部快退休了，需要安顿一下，就给个调研员当当。他才四十出头，就成了调研员。当调研员的第一件事，就是调研乡村学校虫草季放假的情况。调研员也是配有司机的。但他心里不痛快，自己开着车就到乡下来了。也是因为心里不痛快，他一到桑吉上学的学校，就说，虫草，虫草，学生的任务就是好好念书，挖什么虫草。结果他把学校的虫草假给取消了。一周后，他的气消了许多，朋友打电话告诉他，弄些虫草，走走该走动的地方，至少还可以官复原职吧。于是，他又给学校放了一周的虫草假。他说，不放怎么办？草原上的大人小孩，都指望着这东西生活嘛。

在桑吉他们村的虫草山下，他收了五万块钱的虫草。眼下，他正开着车，急着把这些新鲜虫草送到一个地方去。因为路上堵车，他是天黑后，街上的路灯都在新修的迎宾大道两旁一行一行亮起来的时候，才进到城里的。这个夜晚，他敲响了两户人家的房门，村长家的虫草送给了部长。桑吉家的虫草送给了书记。

桑吉的虫草在书记家呆了三个晚上。

第三个晚上，书记回来晚了。书记老婆便把放在冰箱里的虫草取出来。

她细细嚼了一根，觉得是好虫草。

这时，书记回家了。

书记老婆说："今年的虫草不错啊！"

书记说："那就包得漂亮一点，哪天得空给书记送去。"

老婆笑说："书记送给书记。"

书记也笑说："说不定书记也不吃，再送给更大的书记。"

书记老婆教书出身，这几年不教书了，没事，喜欢窝在家里读书。所以，才说出这样的话："怎么没人写一本《虫草旅行记》。"

书记也是在职博士，论文虽然是别人帮忙的，到底大学本科还是亲自上的，回家还要上上网。他在电脑前坐下，鼠标滑动时，随口说："你读不到，本地经济文化都欠发达，没人写小说，更不要说官场小说。"

老婆收拾好虫草，却留下了几十根，仔细装在一只罐子里。书记摇摇头说："小气了。算算管着多少座虫草山，算算这时节有多少老百姓在山上挖这东西，总得有三五万，十来万人吧。还怕没有虫草！"

老婆说："就图个新鲜，补补气。"

"我中气十足！"

"那就再提提！"

早上，车到门口来接书记上班。老婆把茶杯递给秘书："第一遍水不要太烫了。"

秘书："可是新虫草下来了。"

到了办公楼，第一个会，就是虫草会。虫草收购秩序的会。合理开发与保护虫草资源的会。

书记坐在台上讲话，他面前放着透明的茶杯，茶杯里浮沉着茶叶，茶杯底卧着一只虫草。好像是想探头看看下面的人。下面人面前桌上也放着茶杯。有些茶杯里也卧着虫草。麦克风里的声音嗡嗡响着，杯底下的这些虫草似乎都在互相探望。

桑吉的三只虫草在书记家被分开了。

两只进了一只不透光的塑料袋，躺在冰箱里。一只躺在书记的杯子里。开完会，书记回到办公室，听了几个汇报，看了两份文件，一口气喝干杯子里的水，又捞起那根胖虫草，扔在嘴里嚼了。嚼完，他自言自语地说："这么重的腥气。"

正好秘书进来，接着他的话头："原本就是一根虫子嘛。"

书记说：“虫子？你是存心让我恶心？”

秘书赶紧赔不是：“老板，我说错了。”

书记的恶心劲过去了：“我还用得着你来搞科普啊！”

这时的桑吉正在山上休息。

他用手臂盖着脸，在阳光下睡了一会儿。刚一闭上眼，他就听见很多睁开眼睛时听不见的声音。青草破土的声音。去年的枯草在阳光下进一步失去水分的声音。大地更深处那些上冻的土层融冻的声音。然后，他睡着了。他又梦见了百科全书。他醒来，揉揉眼，回想那书是什么样子。但他想不起来了，怎么都想不起来，这让他懊恼了好一阵子。在又挖到了五六只虫草后，他想通了。他甚至咯咯地笑了起来，他对自己说：“你只是梦到了一个词，一个名字。你怎么会梦到没见过的东西的样子呢？”

天气越来越暖和，草地越来越青翠，雪线越升越高，虫草再长高，下面的根就干瘪了。这也意味着这一年的虫草季该是结束的时候了。

虫草季结束的这一天晚上，一个收虫草的贩子还在营地为大家放了一场电影。电影机把光影投向银幕的时候，满天的星斗就消失了。那是一部什么样的电影呢？这些挖虫草的人是无从描述的。这个国家，几乎没有他们可以清晰描述的电影。电影里的几个人说着这里大多数人听不懂的汉语普通话，从一个房间到另一房间，从一部汽车，到另一部汽车，从一座楼到另一座搂，说话，不停说话，生气，流泪，摔东西，欢笑，然后接吻。对于挖虫草的人们来说，他们生活在一个不真实的世界，一个与他们毫无关联的世界。但是，既然虫草季已经结束，每户人家挖到手的虫草都一根根数过，这一个虫草季挣到的钱都已经算得一清二楚，在帐篷里是坐着，在电影屏幕前也是坐着，那就和大家一起在这里坐着吧。看到后来，观众群中甚至发出了一阵阵笑声。因为什么事也不为，就喋喋不休地说话，奔跑，也真有些好笑。接吻的时候，因为碰到鼻子，而得伸出舌头才够得着别人的嘴唇也真是好笑。再后来，起风了。受风的银幕被吹成了半球形。银幕向前鼓，那些苗条的美女都向前鼓起了大大的肚子。风转一个方向，银幕往后鼓，银幕上所有人不管在哭还是在笑，都深深地往前面弯下了身子。这情形，同样惹得人们大笑不止。风再大时，银幕和银幕上的人们被撕来扯去，这样，电影晚会便只好提前结束了。

回到自己家的帐篷，炉子里燃着旺火，肚子里喝进了热茶，母亲突然笑起来。母亲边笑边说：“那个人……那个女人，那个女人……”

父亲也跟着笑了起来。

桑吉没笑，他不会为看不懂的东西发笑。

他又打开那只箱子，那只让他付出了三只虫草的箱子，把里面的虫草数了一遍。这一个虫草季，他要写一封信，告诉姐姐，这一个虫草季，他和父亲和母亲三个人挣到了差不多五万块钱。

他不在纸上写信。他要等回到学校，在多布杰老师的电脑上写。姐姐给他留下了电子邮箱的地址。姐姐的学校有计算机房，她可以在那里的电脑上收到信。他要告诉她，只差两千多元，他们家这一个虫草季就收入了五万块钱。他要告诉姐姐，趁这个时候，就是向父亲一次要两千块钱他都不会心疼。

这天晚上，帐篷里来了两拨人。

一拨是放电影的人。他们来放电影是为了收虫草。

一拨是寺院里的人。

这两拨人都没有从他们家收到虫草。

寺院的人问："那卖给放电影的人了吗？"

父亲说："要不是上面的干部要，我们家的虫草一定是卖给你们的。"

寺院里的人不高兴，骂道："这些干部手真长。"

这时，外面响起了汽车声。

是调研员，他把汽车直接开到了桑吉家帐篷跟前。

这一回，他带着一个虫草商。

虫草商是他的朋友。

以前，虫草商是个副科长。他也是个副科长。

虫草商辞职下海时，他成了教育局局长。虫草商发了。他当了副县长。虫草商请他吃饭喝酒，说："这也是共同进步之一种。"

可是，一不小心，他就成调研员了。虫草商发了更多的财。他又找虫草商吃饭喝酒，他说："这回，我掉队了。"

虫草商打开大冰柜，拿出一包虫草："那有什么，跑跑，送送，一下又追上来了。"

但他把虫草又放回柜子里。

那天，他去送了自己买的虫草回来，找到还住在县城的虫草商："跑了，送了，真的管用吗？他妈五万多块钱啊！"

"你他妈不知道别人也送吗？"

"我没亲眼看见过。"

"人家收了吗？"

“收了。可是我没有钱了。”

虫草商是他朋友：“再收二十万的虫草，不就赚回来了？”

“我没有钱了。”

虫草商从床下拖出一只脏口袋，踢了一脚：“从里面取二十万。”

脏口袋里沉沉的全是钱。一万元一扎。调研员取了二十扎。虫草商又把袋子口扎好，踢回了床下。

虫草商说：“我跟你去，收了，卖给我，给你五万块。”

调研员说：“还不是变相受贿。”

“我找你办事了？”

“没有。”

“如今我真要办什么事的话，你的官小了。”

就这样，两个人一起下乡来收虫草。

两个人来到了桑吉家的帐篷跟前。

看见调研员，桑吉真还露出望眼欲穿的样子。

调研员不慌不忙地数虫草，然后看着桑吉的父亲带着心满意足的神情一张张数钱。

然后，调研员和他的朋友又钻到别人家的帐篷里。

很晚了，桑吉还不想睡。他心里记挂着调研员要送他的百科全书。

父亲说：“睡吧，干部没有压价就很好了，就不要指望他还送你东西了。”

桑吉不肯睡。他把头埋在两腿之间，失望快把他压垮了。

这时，夜已经很深了。父亲说：“我要睡了。”

桑吉不动。

父亲过来叫他睡觉，他摇摇肩头，把父亲的手甩开了。父亲叹口气，自己躺下了。

这时，他听到吱的一声叫唤，他知道那不是动物，那是调研员打开了汽车摇控锁的声音。然后，是明亮的灯光晃动。

他出去，调研员和他的朋友正在车边搭帐篷——游客们露营时搭的那种登山帐篷。

桑吉看着他们戴着头灯，在帐篷里铺上防潮垫，打开睡袋。

调研员准备要睡下了，这时，头灯照亮了桑吉的脸。

他拍拍脑袋，说："看看，我这记性。"

调研员钻出帐篷，说："就让你看一眼，看我是不是说话算话的人。"

他带着桑吉来到汽车跟前，他说："知道吗？我呆在你的学校的那几天，把你的作业全部看了一遍，我跟你们校长说，这个地方，一时半会是不会出这么出色的好学生了。"

然后，一个纸箱出现在他面前。就在汽车后排的座椅上。调研员把车顶灯打开。让他看见了纸箱上就写着百科全书的字样。调研员拿出一把小刀，把封住箱子的胶带拉开一条口子。桑吉拉开胶带，扒开盖子，眼前是整整齐齐的一排烫金的书脊。

调研员摸摸他的脑袋："我没有食言吧。"

桑吉点点头："你没有。"

"你老爹没对你说干部说话都不可靠吗？"

桑吉说："明年我要再给你十根虫草。"

调研员笑起来："十根虫草就能换来这些书？不用了，反正这些书也没人读。”

桑吉爬上车去搬书箱，调研员把他的手按住了：“不行，明天我把这些书放在学校。你回去上学就能得到这些书，不回去，你就得不到。懂吗，我要你好好上学。”

桑吉说：“我现在就想看。”

调研员从后座上翻出一件大衣，扔在他身上：“那就在车上看吧。”

桑吉就留在车上看书。

这些又厚又沉的书上的字又小又密，却又有那么多的照片。这个晚上，他靠着这些照片几乎看遍了整个世界。看见了巴黎的埃菲尔铁塔，看见了南极洲的冰和企鹅，看见了遥远星球，看见了雪花放大后的漂亮模样。他还知道了草原上几种花好听的名字：报春、杜鹃和风毛菊。只是，他没有找到虫草。书是外国人编的，他想，一定是他们那里没有虫草。但想想又不对，他们那里也没有南极洲和企鹅，但书上有。后来，他在车上抱着书睡着了。

早上，车窗上结满了霜花。

桑吉对打开车门的调研员说：“我爱这些书。”

调研员说：“现在，把它们装回箱子里，你回到学校就会得到这些书。”

他往箱子里装书时，还舍不得那些图片。所以，人家把帐篷拆了，收拾进车的后备箱里，他还有两本书没有装回箱子里。

汽车摇摇晃晃开动起来，他还在车后追出去好长一段。

那一天，全村的人都拆了帐篷，都带着卖虫草的钱准备回家。

所有人都显得喜气洋洋。

快到中午的时候，来主持感谢山神仪式的喇嘛们才来到。他们说，是因为在别村的仪式耽误久了。但村里人都知道，是因为这一年，他们在这个村没收到多少虫草。所以，仪式结束，村里人都给了喇嘛们比平常多一些的供养。

全村人高高兴兴回去，桑吉却一心只想早点回到学校。

百科全书对他不再是一个词，而是一个实在的丰富无比的存在了。

百科全书里有着他生活的这个世界所没有的一切东西。巨大的图书馆，大洋中行进的鲸鱼，风帆，依靠着城市的港口，港口上的鸟群与夕阳。

回到村里，新修的定居点，看着那些一模一样的房屋整齐排列在荒野中间，桑吉心里禁不住生出一种凄凉之感。他心下有点明白，这些房子是对百科全书里的某种方式的一种模仿。因为住在这些房子里的人并没有另外的世界中住着差不多同样房子里的人那样相同的生活。

桑吉知道，那是百科全书在心里发生作用了。

奶奶拄着拐杖立在家门口等候他们归来。

桑吉把自己的额头抵到奶奶的额头上时，他闻到一种气息，一种事物正在萎顿时所散发的干枯气息。

父亲解开腰带。

他腰带上结着的每个疙瘩中都是一扎钱。父亲从中取出一张，让他到齐米家去。

齐米家开着一个小卖部，出售电池、一次性打火机、方便面、啤酒、香烟、糖果和鸡蛋糕。

他用五十块钱在小店里买了啤酒和鸡蛋糕。

一家人就在暖和的阳光下坐下来，父亲享受啤酒，奶奶和妈妈享受鸡蛋糕。

桑吉趴在草地上，看着奶奶瘪着嘴，嘴唇左右错动着，消受软和的油汪汪的鸡蛋糕，心里生出比晒在身上的太阳还要暖和的感觉。他在想，一颗牙齿都没有了的人，直接用牙床磨动是什么感觉。

奶奶还不断扬手，把手里的糕点抛撒给在周围吱吱喳喳起起落落的小鸟。

桑吉开心地笑了。

他对着奶奶大声说："奶奶，我明天就要回学校去了！"

奶奶对着他不明所以地微笑。

他又说："奶奶，我有一部百科全书了！"

奶奶当然听不懂什么是百科全书，但她依然咧着嘴，把眼睛眯成一条缝向着他微笑。

可是，桑吉没有得到百科全书。

回到学校，他就问多布杰老师，调研员是不是真的把书留给了他。

多布杰老师表情严肃："还是先认识一下你逃学的事吧。"

他知道自己心里对此并没有什么认识，只是像所有犯错的学生那样，低下头假装害怕与后悔，抬起左脚用靴底去蹭右脚的靴子。然后，用蚊子哼哼一样的声音说："我错了。我检讨。"

多布杰老师说："别人认错我相信，你认错我不相信。"

这是他爱多布杰老师的重要原因。于是，他抬起头来，把询问的眼神投向多布杰老师。

老师说：“如果你觉得是错的，你一定不会去做。”

桑吉从书包里把作业簿掏出来，他把逃掉的那些课上该做的作业都做完了。

多布杰老师在画画，他用画笔把递到跟前的作业簿挡开：“不上课也能完成作业，你是想让我知道你有多大的天才吗？”

桑吉又从书包里掏出一大把糖果，放在他的调色盘旁边。

多布杰老师放下画笔，剥开亮晶晶的玻璃纸，扔了一颗在嘴里：“你劳动挣来的，味道不错！”

桑吉这才敢说话：“我的百科全书。”

多布杰老师说：“原来这书是你的啊！”

“我的书在哪里？”

多布杰老师：“那个人架子可是有点大，他还送书给你？”

桑吉说：“我的书在哪里？！”

多布杰老师说：“他就在我办公室来了一趟，说要看你的作业。他夸奖你了。”

桑吉着急了：“老师！”

“对了，你的书是吧。他倒是交了一箱书给校长。”

桑吉不等多布杰老师把话说完，就冲出了房间。出了房门，拐弯，第三间房，就是校长办公室。桑吉见门虚掩着，便一头冲了进去。

校长坐在一张插着国旗的办公桌后面，背后是一张世界地图。听到脚步声，他抬起头来，不等桑吉开口，就挥挥手，说：“忘了进门的规矩吗？出去！”

桑吉退到门口，把虚掩的门小心推开，喊：“报告！”

校长拖长声音说：“进——来。”

桑吉进去，以立正的姿势站在校长的桌前。

校长抬头说：“原来是你。”

桑吉说：“我的书，我的百科全书。”

校长说：“你是不是送检讨书来了。”

桑吉说：“我已经在多布杰老师那里检讨过了。他说调研员送我的百科全书在你这里。”

校长用笔敲打着桌子：“对，是有一套百科全书，我以为调研员是送给我们学校的。我们整个学校都没有一套百科全书，他怎么会送给你呢？”

听了这话，桑吉的泪水便冲破了眼眶。他根本没料想到结果会是这样。等到泪水冲出眼眶，他才想起警告自己不能哭，但这警告来得太迟了，他只能抑制着自己不哭出声来，但泪水却止不住哗哗地流淌。

这下，校长有点不知该怎么办了：“好好说着话，这娃娃怎么就这样了！”

桑吉觉得很丢脸，便转头冲出了校长办公室。他也不敢回到寝室，把这样子让同学们看见，他转头冲上了校门外的山坡，一直到泪水停在了眼窝，不再往外流淌，才又回到学校。校长正在给办公室的门上锁。

他说：“我的书。”

校长一边说话，一边往家走：“正说话你跑什么跑，又想逃学吗？回去交份检讨书上来！”

这时，天上响了两声雷。这是这一年最初的两声雷。然后，就有点要下雨的意思了。

校长站在屋檐下看着天边云朵急速地堆积，他说："不哭了？你说是天帮着我吓你，还是帮着你吓我？"

桑吉说："调研员说他要把送我的百科全书放在学校，让我回学校时取。"

校长说："那他为什么当时不给你？"

"他怕放在牛背上驮，会把书弄坏。"

天上啪哩啪啦降下了雪霰而不是雨水。校长站在屋檐下，桑吉站在露天里，雪霰落下来。落在他肩头和身上的，都蹦跳到地上，落在他头上的，就窝在头发中不动了。

校长说："站上来。"

桑吉不动。

校长说："他是放了一套百科全书，可没说要送给你。我还以为是配发给学校的。说了那么多年，每所学校都要建一所图书室，终于见到一箱书，居然有人跑来说是他的。"

"就是我的。"

"等他下次来调研时，我们当面问个明白。"

桑吉又要哭出来了。

校长身后的玻璃窗上，现出一张有些浮肿的脸，那是校长老婆的脸。那个女人没有工作，包洗全校学生的被褥。她不犯哮喘的时候，半个月一换。要是她哮喘发作，那就没准了。当她的脸显得如此饱满的时候，说明她的呼吸又被憋住了。

桑吉说："校长你回去吧。"

校长说："亏你好心，不缠着我了。"

桑吉说："等调研员来再问他吧。"

"我不就是这个意思吗！你回去吧。"校长把家门推开，又回过身来，说："就算是学校图书馆的，你也可以借阅呀！"

桑吉进了校长家。

校长让他在燃着炉火的客厅里等着，自己进了里间的房子。桑吉站在火炉边，烤冰冷的双手，鼻子闻到满屋的草药味，耳朵却听到了里屋传来哮喘声。校长很快就出来了，手里拿着一本百科全书："这是第一册，我知道你爱书，可不能耽误了考试啊！"

桑吉抱着书，冒着雪霰，奔跑着穿过老师宿舍和学生宿舍间的那片空地。爬到床上，迫不及待到打开了厚厚的书本。直到晚上十点，灯灭了，他才依依不舍地合上了书本。这个晚上，他久久不能入睡。听着高原上强劲的风掠过屋顶。听着起码是三四里外镇子边缘的藏獒养殖场里那些野兽一样的猛犬在月光下低沉的咆哮，眼前却晃动着那本书中所描写的宽广世界。

第二天早上，虫草假后学校重新开学。

全校学生排队集合，广播里播放着国歌，因为音响的原故，雄浑的音乐显得有些单薄，升旗手把国旗在校园中缓缓升起。校长讲话。

校长讲了一个故事。一个学生爱书的故事。这个故事听到多半，桑吉才听出这似乎是在讲昨天自己追着校长如何讨要百科全书。不同的是，在这个故事中，昨天那种不愉快的情形消失了，而是一个学生听说学校有了一套崭新的百科全书，等不及学校图书室正式建成，就缠着校长要先睹为快。

校长的结束语是："同学们，我们为什么要等待？难道图书室建不成我们就不会产生对于书籍的渴望吗？"

操场上整齐排列的学生队列中响起了嗡嗡的议论声。每个人发出一点点声音，混同起来，就像是有一大群看不见的虫子在天空中飞舞。待到大家都把眼光投到他身上时，桑吉才意识到校长讲的是自己。那么多眼光投射聚集到他身上的时候，他禁不住浑身颤抖。

他没有想到，因为书，自己竟然成为了一个故事中的人物。

这得以让他以一种不是自己的眼光来看待自己。

这有点像从镜子里看见自己。

桑吉看见了一个人站在故事里。

校长讲完话，操场上的人散去了。这一天的风很小，懒洋洋的，有一下没一下地吹着。假期结束后新换的国旗在微风中轻轻翻卷。教室里学生们拖长着声音朗读课文。桑吉不喜欢用这样的腔调念诵课文，他喜欢按自己的节奏在心中默念。在他自己的节奏中，藏文字母像一只只蜜蜂轻盈飞翔，汉字一个个叮咚作响。这一节课，他没有念诵课文。

他坐在一教室的拖长声音朗读课文的同学中间，他看见了故事里的那个桑吉。

那个桑吉穿着一件表面有些油垢的羊皮袍子，袍子下面是权充校服的蓝色运动衫，赭色的面庞，眼睛放射着晶莹的光亮。这两年，这个六年级学生的个头生长猛然加快，原先宽大的皮袍缠上腰带，拉出一两道使袍子显得好看的褶子后，都盖不住膝盖了。当然，他也可以只穿校服。但那蓝色的运动装，在这个季节却显得过于单薄了。桑吉看见故事中那个桑吉，眼睛里燃烧着渴望，真像忽忽闪闪的炉膛中的火苗一样灼人，火苗一样滚烫。百科全书中说，那些面临大海的冰川有朝一日，就会震天动地地崩塌下来，在海洋中激起巨大的波浪。百科全书中相关的辞条还说，那些海里有巨大的鲸鱼，那些冰山上有成群的企鹅。相比于其他学生，桑吉有一个特别的本事，他能把那些看起来本不相关的辞条连接起来，就像他能把一篇又一篇课文连接起来。他恍然看见海上冰山崩塌时，鲸鱼愤怒，企鹅惊走。桑吉恍然看见这世界奇景的眼睛如星光一样闪烁。

上午的四节课很快就过去了。挂在操场的那个破轮胎钢圈敲响的时候，同学们奔向饭堂，他却跑出学校，奔向了学校背后的高岗。此时的桑吉觉得，那些正被春草染绿的连绵丘岗，丘岗间被阳光照耀而闪闪发光的蜿蜒河流，也像百科全书一样在告诉他什么。

那一刻，他两腮通红，眼睛灼灼发光。

这时，一匹马晃动着的脑袋伸到了他面前。马背上坐着一个喇嘛。

喇嘛翻身下马，坐在了他身旁。

桑吉还沉浸在自己营造出来的那种令人思绪遄飞的情绪中，所以不曾理会那个喇嘛。

受惯尊崇的喇嘛不以为意，文绉绉地说：“少年人因何激越如此?”

桑吉抬手指指蜿蜒而去的河流。

喇嘛说：“黄河。”

桑吉：“它真的流进了大海?”

喇嘛说：“是啊！生长珊瑚树的大海，右旋螺号的大海。”

喇嘛又赞叹：“一个正在开悟的少年!”

喇嘛劝导他：“聪明的少年，听贫僧一言！”

桑吉：“你说吧。”

喇嘛说：“河去了海里，又变成了云雨，重回清静纯洁的启源之地。所以，我们不必随河流去往大海。”

桑吉：“我就想随着河流一路去向大海。”

喇嘛摇头：“那一路要染上多少尘垢，经历多少曲折，情何以堪！情何以堪！少年人，你有这么好的根器，跟随了我，离垢修行吧！”

桑吉站起身来，跑下了山岗。

不一会儿，他又气喘吁吁地抱着那册百科全书爬上了山岗。他出汗了。整个身体都散发着皮袍受热后挥发出的腥膻的酥油味道。

喇嘛还坐在山岗上，那匹马就在他身后负着鞍鞯，垂头吃草。

桑吉把厚厚的书本递到他手上。

喇嘛翻翻书说：“伟大的佛法总摄一切，世界的色相真是林林总总啊！”

桑吉说：“我不当喇嘛，我要上学！”

喇嘛起身，摸摸他头，桑吉觉得有一股电流贯穿了身体。

桑吉说：“三年了，我在收虫草，祭山神的喇嘛中间没有见过你。”

喇嘛翻身上马声音洪亮：“少年人，机缘巧合，我们才在此时此地相见。”

桑吉心中突然生出不舍的感觉，因此垂头陷入了沉默。

喇嘛勒转了马头：“少年人可是回心转意了？”

桑吉摇了摇头，抱着书奔下山岗。

这时，他觉得饿了。同学帮他留了饭。他端着饭盒狼吞虎咽的时候，还从窗口望了一眼山上，那个喇嘛还骑在马上，背衬着蓝天，是一个漂亮的剪影。

同学说："乖乖，我们都以为你要跟他走了。"

多布杰老师也来了："就跟班觉一样。"

桑吉问："班觉是谁？"

"以前的一个学生，一个跟你一样聪明好学的孩子。"多布杰老师说，"不过，也许你比班觉更聪明。"

多布杰老师拿着装着长焦距镜头的照相机，靠到窗口想拍一张山丘上那个马上喇嘛的剪影，可是那个人和他的马都消失了。山丘上，青草的光亮背后是蓝天，蓝天上是闪闪发光的洁白云团。

桑吉接过相机，从长焦的镜头里瞭望天空。镜头把天上悬垂的静静云团一下拉到面前。镜头里，远看那么静谧的云团是那么不平静，被高空不可见的风撕扯鼓涌着，翻腾不已。

一个星期后，星期六，桑吉看完了第一本百科全书。他没有回家，他走进校长家去换第二册。他没有想到，校长拒绝了他。校长说："就这么几本书，大家都想借，你说我该借给谁？我只好一个人都不借。等着吧，等图书室办起来你再来吧。"

桑吉说："本来就是我的书。"

校长冷笑："你的书？调研员来，我代表学校请他吃肉喝酒，他连谢谢都没说一声，扔下这几本书就走了。他没说声谢谢，更没说这书是给某个学生的。"

桑吉心里冒起了吱吱作响的火。

校长问："回去做作业吧，马上要小升初考试了。"

桑吉想说我恨你。但他想起，父亲和母亲都对他说过，不可以对人生仇恨之心。

校长问：“你想说什么？”

桑吉脸上露出微笑：“我不怪你。”

校长：“你——不——怪我？”

桑吉肯定地说：“我不怪你。”

校长：“你是想说你不恨我吧？”

桑吉说：“等上了初中，我到县城问调研员去！”

其实，那时桑吉是有些恨意的。因为临出门时，他听到内室里传来校长家那个三岁多的孙儿的啼哭声。然后，那个有哮喘病的奶奶，就把他还去的那本书放在了那个哭泣的孩子跟前。孩子不哭了。用一双脏手去翻看书中那些图片。

校长并不尴尬，说：“将来他肯定比你还爱书。”

桑吉不忍再看，因为那孩子脸上挂着的鼻涕眼泪正从脸上慢慢下滑，就要滴落到他心爱的书上了。

那个身心俱疲的奶奶，把身子靠在床上，闭目休息。

桑吉跑出了那间房子。

他很愤怒，他跑到多布杰老师房子里。

多布杰老师不在。他肯定是跑到乡卫生院找那个新来的女医生去了。

于是，他去了娜姆老师那里。

老师静静坐在窗下的阳光里，表情严肃。

录音机里放着仓央嘉措的情歌：“如果没有相见，人们就不会相恋，如果没有相恋，怎会受这相思的熬煎。”

老师听着歌，眼望着窗外，连他进屋都没有看见。

桑吉改变了主意，悄悄退了出来。

六

桑吉决定马上就到县城去找调研员。

桑吉所在的这个小乡镇离小县城有一百公里远。他在多布杰老师房门前贴了张条子，说他回家去看奶奶了。

然后，他跑到街上，到回民饭馆买两只烧饼。

第一炉烧饼已经卖光，他得等第二炉烧饼出炉，于是就在附近的几个铺子闲逛。美发店的洗发女坐在店门前染指甲。银饰铺的那个老师傅正对小徒弟破口大骂。修车店的伙计们看他晃悠过来，就把橡胶内胎收拾起来。他们这样做不是没有理由。学校里调皮的男学生喜欢这些橡胶皮，自己做弹弓，或者，割成长长的橡胶条，用来送给女生们跳皮筋。那些嘴碎的女生就在水泥地上蹦蹦跳跳：三五六、三五七、四八、四九、六十一！或长或短的辫子在背上摇摇摆摆。在这个中国边远的小乡镇上，还流行着一句话，一句在它的发明地早被忘记的话。桑吉见修车铺的人用警惕的眼光看着他，并把破轮胎内胎收拾起来，便说出了那句话：“毛主席保证，我从来没有拿过这破烂玩意！”

那些人说：“原来你就是那个爱说大人话的桑吉。”

桑吉知道，自己作为爱说大人话的桑吉和一看书就懂的桑吉的名声，已经在这小镇上广为流传。

桑吉满意地点了点头，然后来到了白铁铺前。

铺子里，敲打白铁皮的锤声丁当作响。

老师傅用一把大剪子把铁皮剪开，他的儿子手起锤落，那些铁皮便一点点显出所造器物的形状。他们做得最多的是小火炉子。也有人拿来烧穿了的铝锅，在这里换一个锅底。现在，这位师傅是在做一只水桶。桑吉喜欢白铁皮上雪花一样的纹理。老师傅认出了桑吉，停下手中的剪子，拿下夹在耳朵上的烟卷，点燃了，深吸一口，像招呼大人一样招呼他："来了。"

桑吉说："来了。"

"这回又要做个什么新鲜玩艺?"

看来，铺子里的人还记得他和父亲来做的那只箱子。

桑吉摇摇头："我就是看看。"

"是啊，你不会再要一只同样的箱子了。"老师傅说。

他儿子也停下了手中的活计，说："我还以为很多人学着要做一只那样的箱子，可就只做了那一只。"

桑吉坐下来，仿佛看见两年前来这做箱子时的情形。又想起这只箱子引出来的这些事。这才有点像个故事的样子了。

这时，隔着几个铺子，回民饭馆戴白帽子的小伙计用擀面杖邦邦地敲打案板，这是在招呼桑吉，烧饼好了。故事还在继续。桑吉在店里讨张纸，把两只烧饼包起来，装进双肩包里，就上路了。他的脚前出现了一只空罐头盒子，他便一路踢着这破铁盒子往前走。直到镇外的小桥上，他把这盒子踢到了桥下。两只河面上的黄鸭被惊飞起来，在天上盘旋着，夸张地鸣叫。

后来，他遇到了一个骑摩托的。摩托车后座上坐着一个姑娘。姑娘的手臂紧紧环抱着骑士的腰。摩托迅速超过了他。等他转过一个弯道，看见摩托停下来在等他。

骑车人问："你就是那个桑吉吧。"

桑吉说："你说是那就是吧。"

"你这是要去哪里呀？"

桑吉回答得很简洁："县城。"

"我到不了县城，但我可以带你一段。"

桑吉看看那个姑娘，说："坐不下，你请走吧。"

那个姑娘笑笑，从车后座上下来，拍拍座垫。

桑吉骑上去，那姑娘又推他一把，让他紧贴着骑车人的后背，自己又骑了上来。

摩托车启动了。

他本该感觉到风驰电掣带给他的刺激。

多布杰老师骑摩托时，有时会带上他，让他不时发出又惊又喜的尖叫。

但这回他全没有飞驰的感觉。他只感到自己被夹在两个壮实的身体中间，都要喘不上气了。那个姑娘坐在他身后，伸出双臂抱住骑手的腰。姑娘一用劲，他的脸就紧贴到骑手的背上，而姑娘富于弹性的胸脯紧贴在他的背上。摩托在坑洼不平的路上每一次颠簸，都让他受到那软绵绵的撞击。他当然知道那是什么东西。终于他开始大叫："我受不了了，我要下去！"

摩托车停下，桑吉终于从两个火热的身体间挣脱出来，站在路边上大口呼吸没有这两个人身体气息的新鲜空气。

摩托车手拍一下姑娘的屁股，跨上了摩托。摩托车载着两个哈哈大笑的人远去了。

桑吉边走边想了一个问题，长大后，是不是每个人都要让身体把自己弄得神魂颠倒。一只盘旋在天上的鹰俯冲而下，抓起一只羊羔飞到了一堵高崖之上，让他结束了对那个无聊问题的思考。

走了差不多两个小时，他遇到了一辆拉矿石的汽车。

卡车司机往他手上塞了一个打火机，往他面前扔了一包烟。让他每十五分钟给他点一支烟。

点第一支烟，桑吉就给呛着了。他还把香烟盒上的吸烟有害健康的字样念给司机听。司机大笑："妈的，又当婊子，又立牌坊！"

桑吉大致知道婊子是什么，比如是镇上美发店中门前染着红指甲，总对着镜子做表情的懒洋洋的年轻女人。但他不知道牌坊是什么意思。

他问卡车司机，司机皱着眉头想了好一阵子，说："妈的，我说不出来。就像一张奖状吧。"

司机为此还有些恼怒了："你这个小乡巴佬都没见过那东西，我怎么给你讲？"

桑吉不服气："多布杰老师就可以！百科全书也可以！"

司机转怒为喜："看不出来，你还是个爱读书的娃娃！那你可以对没见过那东西的人说出那东西！"他还问，"等等，你刚才说什么书？"

"百科全书。"

"那是种什么书？我儿子就爱看男女乱搞的书！"

桑吉带着神往的表情说："百科全书就是什么都知道的书！"

"你有那样的书？"

桑吉有些伤心："我现在还没有。"

司机把才抽了一半的香烟扔到窗外，摸摸他的头：“你会有的，你一定会有那样的书！”

桑吉笑起来：“谢谢你！”

司机说：“有人让你不舒服，有人让你起坏心眼，但你是个让人高兴和善良的娃娃！你一直是这样的吗？”

桑吉想了想，说：“我也有不高兴的时候。”

“哦，人人都有不开心的时候，在这个世界！要多想好事情，让你自己高兴的好事情！”

桑吉想：“这个叔叔说话一直都用感叹号。”

在一个岔路口，一个巨大的蓝色牌子指出了他们要去的不同地方。司机要去省城，把矿石运到火车站。姐姐上学的那个学校，夜深人静的时候，可以听到远远的火车汽笛声。而他要去拐向左边的县城，他的旅程还剩下二十多公里。

司机从驾驶室伸出头来，说：“你会得到那个什么书的！”

桑吉回报以最灿烂的微笑。

他又走了多半个小时，后来，是一台拖拉机把他带到了县城。

桑吉问他在县城里遇到的第一个人：“调研员在哪里？我要找他。”

那是个正在恼火的人：“我要找一个局长，一直找不见，你还来问我？我去问谁？”

桑吉问第二个人：“我是桑吉，请问调研员在哪里？”

那个人问街边柳树下立着的另一个人：“什么是调研员？”

那个望着柳树上刚冒出不久的新叶的人摇头说：“我不知道那是什么东西！”

倒是另一个坐在椅子上打盹的人说："是一种官，一种官名。"那个人睁开眼睛，问桑吉，"你找的这个官叫什么名字？"

这时，桑吉才想起自己并不知道调研员的名字。

那个人摇摇头："这个冒失娃娃，连人家名字都不知道呢！"

桑吉想起来，调研员自我介绍过自己的名字，但他却想不起来了。

又有一个人走来，说："找官到政府嘛！政府在那边！"

果然，桑吉就看到了县政府的大院子。气派的大门，院子里停着好些亮光闪闪的小汽车。

可是保安不让他进到那个院子："你都不知道找谁，放你进去，我还要不要饭碗了？"

桑吉想说央求的话，却就是说不出来。

这时，他看到了调研员开到虫草山下来的那辆丰田车。他有过目不忘的本领，所以，现在看到那辆车的号牌，他就清清楚楚记起来。桑吉对保安说："就是坐那辆车的调研员！"

保安说："是他！昨天刚走！高升了！"

桑吉和保安当然都不知道。这个人由副县长而调研员，又调到另一县任常务副县长，都是他去了一趟虫草山，送了几万块虫草给上面的缘故。

桑吉问："他什么时候回来？"

保安说："回来？回来干什么？不回来了！"

这时，调研员已经坐在另一个县政府会议室里了。上面来的组织部长正把他介绍给参加会议的一百多个干部。部长说了很多表扬他的话。接下来，他又说了些谦虚的话。

天边霞光熄灭的时候，路灯亮起来。

桑吉走在街上，双腿酸痛，他得找个过夜的地方。

桑吉不知道，他的三只虫草，一只已经被那位书记在开会时泡水喝了。

那天，喝了虫草水的书记精神健旺，中气十足地讲了一个多小时的话。讲资源开发与环境保护的辩证法。讲了话，他转到后台的贵宾室，对秘书说，讲这些话真是累死人了。这时，坐在下面听报告的主管矿山安全的常委进来报告，开发最大矿山的老板要求增加两百吨炸药的指标。书记说，我正在讲要对环境友好，你们却恨不得把山几天就炸平了，他要增加炸药指标，那得先说税收增加多少！

常委出去了，书记回到办公室，拿起杯子，发现杯子里水已经干了。身边没有人。秘书见常委进来，自己回避了。书记也不想起身自己从净水机中倒杯水，就把杯子里卧着的虫草倒在了手心，送进嘴中，几口就嚼掉了。

卧蚕一样的虫草有一股淡淡的腥味，书记想，这东西就是半虫半草的东西。即便是嚼碎了，仍感到肚子里有什么东西在蠕动的感觉，这使得他突然恶心起来。

这时，又有人敲门，他忍住了恶心，坐直了身体。

晚上回家，书记显露出很疲倦的样子，他老婆说，某常委陪着个矿山老板送来了五公斤虫草。

书记说，前些日子不是还有人送来一些吗？合到一起，叫个稳妥的人给省城的老大送去吧。书记又踌躇说，妈的，现在关于老大要栽的传言多起来了，中央巡视组又要来省里了，你说这个时候送去合适不合适？

书记老婆说，年年都送，就这一回，送，不送，有什么分别？

书记举起手，做一个制止的姿势，要权衡，要权衡一下。

他老婆冷笑，权衡晚了，一窝贪官，读过《红楼梦》吧，一损俱损，一荣俱荣，不在这一次了。

书记便说，那就照老规矩。

不照老规矩还怎么的，新规矩容不下你！

于是，桑吉的那两只虫草，和别的上万只虫草一起，从冰柜里取出来，分装进一只只不透光的黑色塑料袋，躺在了一只大行李箱中。

分装的过程中，两只虫草被分开了，分别和一些陌生的虫草挤在一起。这些虫草都在从虫到草的转化过程中。也就是说，在秋天，卧在地下黑暗中的虫子被某种孢子侵入了。它们一起相安无事地在地下躲过了冬天的严寒。春天，虫子醒得慢，作为植物的孢子醒得快。于是，就在虫子的身体里开始生长。长成一只草芽，拱破了虫子的身体，拱破了地表，正在向着被阳光照耀的草地探头探脑，正准备长成完完全全的一棵草，就遇到桑吉这样挖虫草的人了。那只僵死的充满了植物孢子的虫子便进入了市场。

袋子里这些虫草挤在一起，彼此间甚至有些互相讨厌。虫子味多的，讨厌草味多的。草味浓厚的，则讨厌那些虫子味太重的。

这些虫草先坐汽车到了省城，却没有进省城叫老大的那个人的家。门上的人就拦了路，说这些日子，老大不在家里见人了。送虫草的人说，以前老大都是要过过目的。回说，什么时候了，走！走！老大烦着呢，过目就免了。所以，这些虫草只到了老大家院子里，停在楼门口。这部车加了一个司机。老规矩，车上的货直接送到机场。在机场停车场，司机打开行李箱，从中取出了一包。更多的虫草坐上了飞机，从省城去往首都，然后去了一个深宅大院中的地下储藏室。

这个房间有适合这些宝贵东西的温度与湿度。

这个房间里已经有了很多很多的东西，光是虫草，起码就在五万根以上。这是去年的光景，2014 年，情形不同了。手机微信里，老百姓的言说中，有种种老大要栽的传言。司机在望得见机场候机楼的地方停下来，坐在车里看了一阵飞机的起起落落。一个司机开口说，送不送到，老大多半是不会知道了。两个司机就调转了车头。

这时，天大亮了，进城的时候，太阳从他们的背后升起来，街上的树影，电线杆影都拉得很长。司机停下车，敲开了一家小店的门，把一袋虫草递进去。这一袋足有一千多只虫草。小店老板说，好几万呢，没有这么多现钱，还是打到你那张卡上吧。

司机说：不会又拖拖拉拉的吧。

小店老板说：哪能，银行一开门，马上就办。

老板离开店去银行前，从屋子里把一个灯箱搬出来。上面写着：回收名酒、名烟、虫草。

这也是往年的老规矩。今年却有些不同了。司机一把拉住那店老板，到了车尾，打开后车门。店老板一看那么多虫草，刷一下白了脸，我店小，我店小，你们还是去找个大老板吧。两个司机焦灼起来，一时间哪里去找一个稳妥的能吃下这么多货的大老板，立时站在当地，急得满头大汗。

桑吉不知道正在发生的这些虫草的神秘旅行。桑吉不知道，他的那两只虫草被分开了。一只本该去老大的老大家的地下室，不见天日，这回却落在两个司机手里，等待一个新老板。这些虫草如何出手，如何继续其神秘的旅行，又是另外一个离奇故事了。

桑吉在县城的街道上晃荡时，黑夜降临了。

他饿了。他很饿了。他花了六块钱，在一个小饭馆要了一碗有牛肉有香菜叶的热汤，吃自己带在身上的两个烧饼。那个小饭馆里的服务员笑话他："你这个傻瓜，带两个冷饼子干什么？我们这里有热烧饼！"

老板娘把服务员骂走了。老板娘又往他的海碗里盛了大半瓢汤，说："慢慢吃，不要理他！"

饭馆靠墙的桌子上，放着一台电视机，里面正在播放县电视台的点歌节目。当一个个点歌人的名字出现时，饭馆里稀稀落落的几个本地顾客就说："妈的，这狗日的也会给人叫歌！"

为某某某和某某新婚点歌。

为某某新店开张点歌。

为某某某生日点歌。

喝汤吃烧饼的人就笑骂："这孙子是给他的局长点歌！"

然后，是某某虫草行为众亲友和员工点歌。

歌是当地人都听不懂的话，只能看懂字幕，是闽南语的《爱拼才会赢》。

饭馆里人开始谈这个虫草行老板。说，原来就是个街上的混混嘛。说，刚去收虫草时，被人把牙都打掉了嘛。说，英雄不问出处，人家现在是大老板了。

这时的桑吉面临的是另一个问题，自己身上只有一张十元钱，掏出来付了牛肉汤钱，就只找回来皱巴巴的四张一元钞了。

老板娘把这四张零钞从围裙兜里掏出来，拍到桑吉手上，他马上意识到，在举目无亲的县城，靠这四块钱，他肯定找不到一个过夜的地方。

高原上，一入夜便气温陡降，桑吉没有勇气离开饭馆，走上寒冷而空旷的县城的街道。

店里的顾客一个个离开了。

服务员关掉了电视，老板从里屋的灶台边走出来，坐在桌子边点燃了一支烟。他看看桑吉，对解下围裙的老板娘说：“逃学的娃娃。”

老板娘便过来问他：“娃娃，说老实话，是不是偷跑出来的？”

桑吉不知怎么回答，只是使劲地摇头。

老板娘放低了声音：“是不是偷了家里的东西想出手啊？”

桑吉更使劲地摇头。

“是不是带了虫草？”

提到这个，桑吉的泪水一下就涌出了眼眶：“调研员把我的三只虫草拿走了。说换给我一套百科全书，可是，校长说，那是给学校的。我来找调研员，可是他调走了，当县长去了！”

“是他啊！他怎么会要你三只虫草！”老板娘脸上突显惊异的神情，“什么，你用虫草换书！”

老板站起身来，把燃着的烟屁股弹到门外：“这个世道，什么事都要问个究竟，回家！娃娃今晚就睡在店里吧。”老板指指那个服务员，“跟他一起！”

老板和老板娘出了门，哗啦啦拉下卷帘门，从外面上了锁。

那个孩子气的服务员先是做出不高兴的样子，把桌子拼起来，在上面铺开被褥，自己躺下了。等老板和老板娘的脚步声远了，消失了。才问他："你真没有带一点点虫草出来？"

桑吉说："我真的没有。"

服务员拍拍被子说："上来吧。"

桑吉脱下袍子爬上床。

服务员说："滚到那边去，我才不跟你头碰头呢！"

桑吉就在另一头躺下了，他刚小心翼翼地把腿伸直，那边就掀开被子，跳起身来："妈的，你太臭了！"

桑吉还不知道怎么回应，他却弯下腰，脸对脸兴奋地说："给你看样东西！"

他踮起脚，把天花板顶起来，取出一只小纸盒子，放在桑吉面前："打开！打开看看！"

桑吉打开了那只纸盒子，里面整整齐齐睡着一排排紧紧相挨的虫草："这么多！"

"我两年的工钱！一共两百根！每根赚十块，等于我给自己涨工资了！"

服务员又把虫草收起来，把天花板复原，这回，他自己把枕头搬过来，和桑吉躺在了一起。他说："等着吧，几年后，我就自己当虫草老板！"他望着天花板的眼光，像是望着一个遥远的地方，"我今年十五岁，等着吧，等我二十岁，收虫草时就让你给我带路，介绍生意！"

桑吉笑了："那时我都上高中了。"

"妈的，我还以为到时候可以雇你呢？"

桑吉问他另外的问题："你不用把钱拿回家去吗？"

这个十五岁的小服务员用老成的语气对他说："朋友，不要提这个问题好吗？"

小服务员要关灯睡觉了。

桑吉提了一个要求："我想再看一会儿电视。"

小服务员："爱看看吧，我可不陪着你熬夜。"说完，用被子盖着头睡了。

桑吉拿起遥控器，一个频道一个频道按过去。他惊奇地发现，县城里的电视机能收到的台比乡镇上的多多了。当然乡镇的电视机又比村子里的电视收到的台要多。

这个晚上，他从县电视台收到了央视的纪录片频道。画面里，蔚蓝的大海无尽铺展，鱼群在大海里像是天空中密集的群鸟。军舰鸟从天空中不断向着鱼群俯冲。人们驾着帆船驶向一个又一个绿宝石一样的海岛。这部片子放完了，是下一部即将播放的新片的预告。一部是战争片，飞机，大炮，冲锋的人群，胜利的欢呼。一部是关于非洲。比这片草原上的人肤色更黑的人群，大象，狮子，落日，还有忧伤的歌唱。

桑吉想，原来电视里也有百科全书一样的节目。

接下来，广告。桑吉没有想到的是，这是一条关于虫草的广告。一个音调深沉的声音在发问："你还在泡水吗？你还在煎药熬汤吗？你还在用小钢磨打粉吗？"

桑吉这才知道，人们是如何吃掉那些虫草的。泡在杯子里。煮在汤锅里。用机器打成粉，再当药品吃下。

这样的结果让桑吉有些失望：神奇的虫草也不过是这样寻常的

归宿。

早上，桑吉醒来时，那个小服务员已经在捅炉子生火和面了。

桑吉又多睡了一会儿。他躺在床上想家，想学校。直到老板夫妇开卷帘门的声音响起，他才赶紧起身穿上了袍子。吃完早饭，老板吩咐服务员把桑吉带到汽车站。老板娘把一张十块钱的钞票塞到他手上，说："买一张汽车票够了，回学校去好好念书吧。"

老板又给他两只刚出炉的烧饼。老板说："算算，两只烧饼六元。一顿早餐十二元。一晚上住宿费二十元，一共欠我四十四元。"

服务员插嘴说："还有我的被子钱十元！"

老板笑着望望天花板："那就用你赚的钱替他还。我想你们已经是朋友了。"

七

回到学校，桑吉问多布杰老师："为什么县城的电视里有那么多的频道？"

多布杰老师说："靠！你的问题太多了！你只有好好读书，考到那些大地方去，就没有这些问题了！"

桑吉知道，多布杰老师说的是对的。

马上要小升初了，他也不问百科全书的事了，一门心思按老师的布置认真复习。

然后，考试。

然后，什么也不干，等待考试的结果和录取通知。

这期间，被省里老大家司机卖到回收店的那只虫草，被一户普通人家买去了。他们一共从那个小店买去了二十根虫草。价格是五十块一只。这家的老人被医院宣布已无药可救。他们把老人接回家里，请了中医来看。中医的意见是提气。提气的药都是很贵的，人参和虫草。这家人就买了二十根虫草，每次两根，炖在汤里，给老人提气。桑吉的那一只，炖成了第八碗汤。那碗汤，老人没有喝完。他头一歪，嘴半张着，汤却慢慢从嘴角淌下来，顺着脖子流到了胸脯上。

这个桑吉不知道。

那时，他回到家里等通知。有一天，他突然要父亲带他上山去。他想看看真正长成了一株草的虫草是什么样子。

父亲笑了："我只知道挖虫草时虫草的样子，我想没有人知道长成草的虫草是什么样子！"

桑吉不相信，但他问遍了全村的人，真的没有人认得出长成草的虫草是什么样子。

桑吉想，明年虫草季，他要留下一株虫草，做一个鲜明的记号，隔一段时间就去看一眼，这样，自然就知道虫草后来长成什么样子了。他就带着这么一个想法回学校去了。

考试成绩下来了。

桑吉考出了这所学校办学以来的最好成绩，被自治州的重点中学录取了。

姐姐寄来了一张漂亮的明信片，预祝他高中时可以考到省城的中学。

后来，是毕业典礼。

父亲穿着干净的白衬衣，牵着马来接他。

桑吉去多布杰老师和娜姆老师那里告辞，还带上了父亲带来的新鲜乳酪。

多布杰老师把那包用新鲜的橐吾叶包裹着的乳酪塞到他手上："作为这个学校最好的学生，你该去看看校长。他会高兴的。"

桑吉有点不情愿，但他还是去了校长家。

见到他，校长真的很高兴。拍着他的脑袋说："有出息，有出息。我来这个地方时还是个刚从是师范学校毕业的年轻人，现在老了，要退休了。你考得这么好，我很高兴，很高兴。"

桑吉被感动了，把乳酪放在校长面前的茶几上，认认真真地对校长鞠了一躬。

他直起身来的时候，看到校长的里屋的床上，他那患哮喘的妻子倚上床边，看着他们的孙子高高兴兴坐在床上，面前摊着一本百科全书。那孩子正伸手把一张纸从书上撕下来。孩子举起手中带着画片的纸，高兴地摇晃。

桑吉转身跑出了房间。

多布杰老师对桑吉说："你要原谅他。"

桑吉不知道，自己会不会原谅校长。

直到新学期开始，桑吉踏进学校的图书室。他说："我要借一套百科全书。"

图书管理员告诉他："百科全书是工具书，不外借，但可以就在图书室查阅。"

桑吉便在桌子前坐下来，等人把那厚重的书本放在他面前。

走出图书馆时，他说："我明天还要来。"

晚上，他从学校的计算机房给多布杰老师发了一封电子邮件。他在信里说："我想念你。还有，我原谅校长了。"